AF191781

Heinz Beyer

Der Kirchturm wackelt

Herausgegeben von
Jens Herrndorff

Mit einem Nachwort von
Pastor em. Bernhard Theilig

2002

Das kleine Verlagshaus, Barmstedt

ISBN: 3-8311-4639-X

Herstellung: Books on Demand GmbH, Norderstedt.

Umschlaggestaltung: Jens Herrndorff. Die ausschnittsweise Verwendung des Gemäldes der Heiligen-Geist-Kirche zu Barmstedt erfolgt mit freundlicher Genehmigung von Herrn Pastor em. Bernhard Theilig, Barmstedt.

Der Abdruck des Textes „Der Kirchturm wackelt" von Heinz Beyer erfolgt mit freundlicher Genehmigung von Herrn Peter Beyer, Filderstadt.

Vorwort

von Jens Herrndorff

Es ist nun gut 50 Jahre her, daß das Buch „Der Kirchturm wackelt" erstmals erschien und im Barmstedt der Nachkriegszeit die Gemüter erregte und amüsierte. 1950 in einem kleinen Hamburger Verlag publiziert, sorgte es für einigen Gesprächsstoff in unserer kleinen Stadt. Mit der Zeit allerdings geriet es in Vergessenheit und nur wenigen Barmstedtern mag es noch heute in Erinnerung sein.

Mehr als fünf Jahrzehnte später fand der „Wackelnde Kirchturm" allerdings auf verschlungenen Pfaden wieder seinen Weg zurück nach Barmstedt. Und dies ereignete sich folgendermaßen:

Vor einiger Zeit beschäftigte ich in meiner Firma einen Praktikanten aus Ratingen (Nordrhein-Westfalen), Burkhard Blümner. Er, der bis dato keinerlei Beziehung zu Barmstedt gehabt hatte, überreichte mir eines Tages ein kleines Büchlein mit den Worten: „Das ist ein Buch über Barmstedt. Mein Großonkel hat es geschrieben."

Meine Neugier war geweckt, und ich versuchte, mehr über den Autor Heinz Beyer und sein Werk „Der Kirchturm wackelt" herauszubekommen. Wie es der Zufall wollte, erschien kurze Zeit später ein Artikel in der „Barmstedter Zeitung", der sich mit Literatur aus unserer Region beschäftigte. In diesem fand auch „Der Kirchturm wackelt" Erwähnung, zusammen mit dem Hinweis, daß dieses Buch heute nicht mehr erhältlich sei. Die Idee zu einer Neuauflage des Werkes war geboren.

Die Realisierung dieses Vorhabens stellte sich zunächst schwieriger als gedacht dar. Sowohl über den Autor als auch über seinen damaligen Verlag war trotz intensiver Recherche nichts herauszubekommen.

Erst der Kontakt zu Herrn Peter Beyer, dem Sohn des Autors, brachte den entscheidenden Durchbruch. Er willigte einer Neuauflage spontan ein und erklärte sich zudem bereit, hierzu einige Zeilen zum Leben seines Vaters beizutragen. Ihm gilt für beides mein besonderer Dank. Zusammen kamen wir überein, einen Teil des Gewinns aus der Veröffentlichung des Buches der Evangelischen Kirchengemeinde Barmstedt zukommen zu lassen.

Um die Zusammenhänge der damaligen Zeit auch aus heutiger Sicht verständlich und nachvollziehbar zu machen, konnte ich zu meiner großen Freude Herrn Pastor em. Bernhard Theilig gewinnen. Er, der wie kein anderer mit der Geschichte der Stadt Barmstedt vertraut ist, verfaßte das Nachwort, das Sie im Anschluß an die Geschichte lesen können und stellte dankenswerter Weise das Bild für den Umschlag des Buches zur Verfügung.

Mein Dank gilt zudem meinem Mitarbeiter Rafael Mans und meinem Vater Günter Herrndorff, die mit ihren Korrekturen und Anmerkungen zum Gelingen dieses Buches beigetragen haben.

Die nun vorliegende Neuauflage entspricht weitestgehend dem Original von 1950. Lediglich einige wenige Satz- und Rechtschreibfehler, die sich in der Erstausgabe eingeschlichen hatten, wurden unsererseits korrigiert.

Ich wünsche Ihnen viel Spaß bei der Lektüre dieses einmaligen Stückes Barmstedter Geschichte.

Wer sich getroffen fühlt,
der ist gemeint!

Es war eine sehr illustre Gesellschaft, die sich im Gemeindesaal der Kirche zu Waldstedt versammelt hatte. Der Gemeindekirchenrat trat zu einer außerordentlichen Sitzung zusammen, auf der es galt, wichtige Beschlüsse zu fassen. Diese Kirchenvertretung vereinigte alle Menschen der kleinen Stadt, die Rang und Namen hatten.

Da waren der ehrenwerte Malermeister Petermann, der Kaufmann Thomsen, der neben der Kirche ein Manufaktur- und Kurzwarengeschäft betrieb, der Schlosser und Brunnenbauer Berger, dessen Aufgaben besonders groß und wichtig waren, wenn man bedenkt, daß Waldstedt immer noch keine Wasserleitung hatte. Der Lehrer Meyer, der so manchem Schuljahrgang die Grundlagen beigebracht hatte, fehlte ebensowenig wie der lange schon pensionierte Leiter des Postamtes, Herr Kuber. Eben war auch der zweite Pfarrer des Kirchspiels, der junge, eben aus der Kriegsgefangenschaft zurückgekehrte Pastor Badener gekommen, mit ihm der Studienrat Poppendorf, der auf eine neue Tätigkeit wartete.

Durch die Fenster des Raumes sah man den Hauptpastor, den ehrwürdigen Herrn Naßler, das Pfarrhaus verlassen. Gleich würde er erscheinen und die Sitzung eröffnen. Man begab sich an den Tisch und stellte sich hinter den Stühlen auf, jeder hinter den, den er nun schon seit Jahren, vielleicht schon seit Jahrzehnten zu benutzen pflegte. Man würde auch heute nicht mit dem Beginn der Beratungen warten, bis der Schuhmachermeister Hansen kam. In den 20 Jahren, in denen dieser dem Kirchenvorstand angehörte, war er noch nie pünktlich erschienen. Es gab aber auch keinen, dem es eingefallen wäre, hierüber ärgerlich oder nur verwundert zu sein. Man hatte Zeit in Waldstedt. Es kam dort wirklich nicht auf die Minute an. Die Bürger richteten sich nach ihrer Kirchturmuhr. Sie bestimmte den Tagesablauf. Ihr Erbauer hatte in richtiger Erkenntnis der Eigenart der Bewohner dieses Städtchens der Uhr nur einen Zeiger gegeben. Nun zeigte sie wohl korrekt und mit unermüdlichem Fleiß die vollen Stunden an, sie überließ es aber dem, der sie nach der Zeit fragte, die halben oder viertel Stunden aus ihrer Zeigerstellung zu erraten. Was spielte auch eine Viertelstunde für eine Rolle? Gott sei Dank, man hatte festgehalten an der ruhigen Tradition und sich von dem Hasten und Jagen der Großstadt fernhalten können.

Eben betrat Pastor Naßler den Raum und begrüßte jeden der Anwesenden mit einem Händedruck. Er begab sich an das Kopfende des Tisches und nahm auf seinem Stuhl Platz. Ein kurzes Rücken und Scharren hub an, die Versammelten setzten sich. Nur von draußen klang noch gedämpft der Lärm spielender Kinder herein. Da hob Pastor Naßler die rechte Hand zum Zeichen, daß er sprechen wollte. Er war ein Mann, der gerade sein 25jähriges Amtsjubiläum gefeiert hatte. 25 Jahre war er auch hier am Orte. Erst hatte er die zweite Pfarrstelle verwaltet, um dann, als sein Vorgänger starb, dessen Stelle als Hauptpastor einzunehmen. Ein wohlgepflegter, schneeweißer Bart gab ihm etwas Patriarchalisches und trug wesentlich dazu bei, den väterlichen Charakter seines Amtes zu unterstreichen, seine Stimme war laut und kräftig. Der gleichmäßige Ton seiner Rede und die in langer Kanzeltätigkeit angewöhnte falsche Betonung der Endsilben änderte sich auch nicht, als er einen Überblick über den Stand der Finanzen gab. Als er diesen Bericht beendet hatte und zum Hauptthema der Sitzung übergehen wollte, trat auch der Schuhmachermeister Hansen ein. Mit einem „Guten Tag, Herr Pastor" und Kopfnicken zu den übrigen

14

Versammelten setzte er sich. Pastor Naßler, der eine kurze Pause gemacht hatte, fuhr fort:

„Liebe Brüder in Christo, ich habe Sie heute hierher gebeten, um eine sehr wichtige Sache mit Ihnen zu besprechen. Ich gab Ihnen einen Bericht über unsere Finanzlage, und Sie haben gesehen, daß wir dank der Opferfreudigkeit unserer Gemeindemitglieder über reichliche Geldmittel verfügen. Das wird uns alle mit großer Genugtuung erfüllen. Deshalb möchte ich Ihnen den Vorschlag machen, nun auch endlich mit der Renovierung unserer Kirche zu beginnen. Sie wissen alle, daß dies eine Sache ist, die mir schon lange am Herzen liegt. Der Krieg ist nun schon zwei Jahre vorüber. Ehe wir jetzt aber an uns denken, wollen wir doch unser Gotteshaus wieder in einen würdigen Zustand bringen. Ja, liebe Brüder", hier hob sich seine Stimme und der Bart zitterte leise, „es ist sogar Gefahr im Verzug. Kürzlich war ich mit einem Baumeister, Sie kennen unseren Mitbürger Clasen, in den Kirchturm gestiegen. Wir haben festgestellt, daß verschiedene Balken erneuert werden müssen, wenn der Turm seine alte Festigkeit behalten soll. Deswegen bitte ich Sie, 15.000,- RM für die Renovierung unserer Kirche, vor allem des Turmes, bereitzustellen."

Der Hauptpastor schwieg. Einige nickten zustimmend. Was gab es da auch viel zu überlegen? Was der Pastor sagte, war eben richtig. Da erhob sich der Schuhmachermeister Hansen und unterstrich den Vorschlag seines Pastors mit den Worten: „Ja, dat möt wol so sin."

Allgemeines Verwundern zeichnete sich aber auf den Gesichtern ab, als Studienrat Poppendorf aufstand und fragte, wer die Turmreparatur machen sollte. Wie konnte man nur eine solche Frage stellen? Natürlich Baumeister Clasen!

Aber da sah man wieder, diese jungen Menschen hatten überall etwas zu fragen, auch dort, wo es gar nichts zu fragen gab. Lautes Murren erhob sich aber, als Poppendorf meinte, daß es wohl richtiger wäre, für solche schwierige Arbeit einen erfahrenen Architekten heranzuziehen, zumal man doch sicher bei dieser Gelegenheit gleich versuchen wollte, den schiefen Turm wieder zu richten.

Einen Architekten?! Nein, das war direkt eine Beleidigung für den alten Clasen. Das wollte man ihm doch heute Abend gleich noch erzählen, wenn man auf dem Nachhausewege an seiner Wohnung vorbeiging. So etwas war noch nie dagewesen. Natürlich, wieder die Jugend. Aber das mit dem Geraderichten, das war gut. Das müßte man gleich miterledigen. Der schiefe Turm war ja schon lange ein Ärgernis der Bewohner gewesen. Man war ja schließlich nicht in Italien, wo es auch so einen schiefen Turm geben sollte, der sogar berühmt war. Hier muß alles seine Ordnung haben, und ein Turm muß eben gerade sein. Dieser Teil des Vorschlages fand deshalb auch sofort den ungeteilten Beifall der Vertreter.

Als Pastor Naßler, erfreut über die allgemeine Bereitwilligkeit nun noch gar sagte, daß er über diesen Punkt bereits mit Baumeister Clasen gesprochen hätte, der davon überzeugt sei, auch diese schwierige Arbeit zu bewältigen, wurde beschlossen, den Auftrag diesem bewährten Bürger zu erteilen. Die Malerarbeiten im Innern der Kirche sollte der anwesende Herr Petermann übernehmen, der sich auch nach einigem Zögern dazu bereit erklärte. Alle versprachen, bei der Beschaffung der benötigten Materialien mit ihren persönlichen Beziehungen zu helfen. Farbe, Zement, Steine, es war ja heute alles so schwer zu beschaffen. Aber als Herr Hansen erklärte, daß er noch aus früherer Zeit zwei Sack Zement habe, die er, gegen Bezahlung natürlich, zur Verfügung stellen wollte, konnten die anderen nicht nachstehen. Der Kaufmann Thomsen hatte einen Bruder, der in der Kreisstadt einen Farbengroßhandel betrieb, von dem er noch gute Farben - Friedensware - bekommen könnte. So hatte dieser und jener etwas beizusteuern. Und schließlich würde auch die Stadtverwaltung noch Baustoffe zur Verfügung stellen. Einige der Anwesenden waren gleichzeitig Ratsmänner; sie würden dafür schon sorgen.

Als die Abendsonne dieses schönen Frühlingstages in das Fenster guckte, trennte man sich. Das Werk konnte beginnen.

✳

Auch Pastor Badener verließ, nachdem er sich von allen verabschiedet hatte, den Saal. Studienrat Poppendorf schloß sich ihm an. Sie gingen hinüber in das zweite Pfarrhaus, das jenseits der Kirche lag. Das Verhältnis zwischen dem Pastor und dem Studienrat war sehr gut. Es brauchte ja nicht immer der sprichwörtliche Gegensatz zwischen Schule und Kirche zu bestehen. Vielleicht lag der Grund für dieses gute Verhältnis auch darin, daß diese beiden fast gleichaltrigen Menschen sich schon während des vergangenen Krieges draußen an der Ostfront zufällig getroffen hatten und eine Weile beieinander bleiben konnten. Als sie sich dann nach dem großen Zusammenbruch des Jahres

1945 in Waldstedt wiedertrafen, lebte die alte, im Kriege geschlossene Freundschaft wieder auf und brachte beiden Teilen Gewinn.

Jetzt unterhielten sie sich über die beschlossene Kirchenreparatur. Poppendorf wies noch einmal auf die Bedenken hin, die er hinsichtlich des Kirchturmes hatte. Eine solche schwierige Arbeit durfte nach seiner Meinung nur an einen besonders geeigneten Fachmann vergeben werden. Pastor Badener gab ihm recht. Sie waren vor dem Pfarrhaus angekommen und blickten auf die Kirche und ihren schlanken Turm. „Schusterahle" nannte man ihn in der Stadt. Und einer Schusterahle glich er tatsächlich. Er war schlank und spitz und überragte mit seinen 60 Metern selbst den Schornstein der nahegelegenen Wurst- und Fleischwarenfabrik, den einzigen Fabrikschornstein der Stadt. Waldstedt war schließlich keine Industriestadt. Seit uralten Zeiten war es eine Schuhmacherstadt. Schuhfabriken, große und kleine gab es hier, Werkstätten, in denen nur ein oder zwei Gesellen tätig waren und große Betriebe mit einer Belegschaft von hundert oder gar zweihundert Menschen.

Der Kirchturm war deswegen ganz besonders zum Symbol dieser Stadt geworden. Um ihn scharten sich wie die Küken um eine Henne die Häuser des Ortes. Klein waren sie, eng und winklig ihre Stuben. Nur am Markt gab es einige wenige, die mehr als ein Stockwerk hoch waren. Wozu auch? Hier wollte jeder Herr im eigenen Hause sein. Es war ja nicht nötig, daß jeder jedem in die Küche und die Kochtöpfe schauen konnte. Allerdings, man merkte doch immer, was es bei den Nachbarsleuten zu essen gab. Die Bürger wußten alles von einander, aber dafür auch nichts von der Welt. Doch was ging sie schließlich die große Welt an?!

18

Pastor Badener stand auf der Treppe des Pfarrhauses. „Es ist doch gut, daß unsere Kirche erneuert werden soll."

„Ja", antwortete ihm der Studienrat, „das ist gut, aber ich sehe nur den Kirchturm wackeln."

„Seien Sie nicht so ein unverbesserlicher Pessimist. Es wird schon schief gehen."

„Schief ist er doch schon, der Turm. Bin gespannt, ob er gerade wird."

Sie gingen ins Haus.

*

Während dieser Unterhaltung waren auch die anderen Mitglieder der Kirchenvertretung auf dem Wege zu ihren Abendbrottischen. Zum Essen mußte man pünktlich sein. Da war es im Interesse des Hausfriedens richtiger, sich nicht nach der Waldstedter Kirchturmuhr, sondern nach dem Willen einer resoluten Hausfrau zu richten.

Nur der Postleiter Kuber hatte es nicht nötig, pünktlich zu sein. Auf ihn wartete niemand. Seine Frau, die ihm über 40 Jahre den Haushalt versorgt hatte, ruhte nun schon fast drei Jahre auf dem Friedhof vor der Stadt. So still, wie sie ihr Leben neben ihm gelebt hatte, so still war sie eines Morgens auch für immer von ihm gegangen.

Der Beruf aber hatte Herrn Kuber alle weichen Regungen vergessen lassen. Auch dieser Tod hatte nicht vermocht, das Gleichmaß seiner Tage zu stören. Früher, als er als junger Postassistent in Hamburg Dienst tat, hatte er oft Beruf und

Privatleben durcheinandergebracht. Später trennte er sehr scharf diese beiden Welten, schließlich war aber der Beruf völlig zum Mittelpunkt seines Denkens und Handelns geworden, zumal seine Ehe kinderlos geblieben war.

Erst als seine Frau tot war, bemerkte er, daß sie ihm fehlte. Es bedeutete für ihn jetzt genau so eine wesentliche Umstellung seines Lebens wie damals, als er pensioniert wurde. Er überwand sie aber bald. Er wurde Mitglied mehrerer Vereine, so vor allem des Bürgervereins, in dem sich die Honoratioren der Stadt zusammengefunden hatten, und übernahm auch das Amt in der Kirchenvertretung. Zwar waren nach dem Zusammenbruch einige seiner Vereine, darunter der Kriegerverein, eingegangen. Es blieben ihm aber noch genug Felder für seinen Tätigkeitsdrang. Er kannte jeden in der Stadt, wußte, wer aus dem Ausland Briefe bekam, wußte, wo Onkel und Tanten, Brüder und Neffen wohnten. Dafür war man ja Postbeamter gewesen. Als die Lokalzeitung, der „Waldstedter Bote", nicht mehr erschien, trat er unaufgefordert als lebendiges Nachrichtenblatt an ihre Stelle.

So ging er auch jetzt schnurstracks zum Baumeister Clasen, um ihm von den unerhörten Äußerungen des Studienrats Poppendorf zu berichten. Außerdem, meinte der Postmeister, würde Clasen jetzt wohl gerade beim Abendbrot sein, und so könnte man das Gute mit dem Nützlichen verbinden. Sicher würde da auch etwas für ihn mitabfallen. Ein Baumeister hatte auch heute noch immer etwas Gutes auf dem Tisch stehen. Ja, ja, die Zeiten waren schlecht, und man mußte eben sehen, wie man zurecht kam.

Wie von ungefähr dachte er an die vielen Flüchtlinge, die hier auch in Waldstedt untergekrochen waren, an ihr Schicksal und ihre Not. Ja, Herr Kuber hatte sich ein Herz für diese

20

Menschen bewahrt. Mit den Vertriebenen, die in seiner Wohnung ein Zimmer bewohnten, kam er einigermaßen gut aus. Das lag wohl vor allem an der ernsten Rede, die Pastor Badener ihm gehalten hatte. Anfänglich konnte er sich nicht so recht mit seinen zwangsweisen Untermietern befreunden. Aber nachdem ihm klargemacht worden war, daß er als Kirchenvertreter besondere Pflichten hätte, stellte er sich rasch um, machte aus der Not eine Tugend und gab in dieser Hinsicht nie wieder Anlaß zu einer pastörlichen Strafpredigt.

Seine Spekulation auf ein Abendessen beim Baumeister Clasen war richtig gewesen. Die Familie wollte sich gerade zu Tisch setzen, als er eintrat. So ließ sich Kuber nicht lange nötigen, ebenfalls Platz zu nehmen und mitzuessen. Er gab sich dieser Beschäftigung auch sogleich mit dem ganzen Eifer seiner alten Seele hin und fand gar keine Zeit, über den eigentlichen Zweck seines Besuches zu berichten. Das tat er erst, als er, gut gesättigt, vom Baumeister noch zu einer guten Zigarre eingeladen worden war. Die Nachricht, die er überbrachte, war schließlich auch noch dieses wert.

Inzwischen war auch Schuhmachermeister Hansen zu Hause angekommen. Hier war er pünktlich, denn seine Frau, mehr als einen Kopf größer, sorgte für Ordnung. Bei ihr wäre er mit Waldstedtscher Zeitmoral nie durchgekommen. So etwas duldete sie nicht. Die ganze Art dieser sehr zielbewußten Frau ließ in dem Schuhmachermeister auch gar nicht den Gedanken an den Versuch aufkommen, einmal unpünktlich zu sein. Sie lebten beide in größter Eintracht zusammen. Es gab nie einen Streit in diesem Hause, wenn auch die Meinungen der beiden schon äußerlich so ungleichen Ehegatten oft auseinandergingen. Frau Hansen ließ erst keine andere Meinung aufkommen. Wenn sie ihren Mann zu reden gestattete, behielt sie ihre Ansicht für sich. Später tat sie dann doch das, was sie für richtig hielt.

Meister Hansen versuchte immer wieder, Worte und Taten miteinander in Einklang zu bringen. Das hatte ihm in besonderem Maße das Vertrauen seiner Mitbürger eingebracht. Man sah deshalb auch gern darüber hinweg, daß er das Schießpulver wahrlich nicht erfunden hatte. Das Geschäft ging auch jetzt noch nicht schlecht. Obwohl er nun 15 Gesellen in seiner Werkstatt beschäftigte, häuften sich die zerrissenen Schuhe zu immer neuen Bergen. Und was mußte heute oft noch wieder zusammengeflickt werden!

Während des Abendessens berichtete er ausführlich seiner Frau über die außerordentliche Sitzung der Kirchenvertreter und freute sich darüber, daß die Kirche nun überholt werden sollte. Als seine Frau aber, ähnlich wie der Studienrat Poppendorf, Bedenken äußerte, ob Baumeister Clasen wirklich den Turm reparieren könnte, wurde er richtig ärgerlich und stellte zum wer weiß wievielten Male im Laufe seiner Rede fest, daß seine Frau doch nie eine richtige Waldstedterin werde. Sie stammte nun einmal aus der Nachbarstadt. Eine geborene Waldstedterin hätte nie solche Bedenken äußern können. Sein Ärger verschwand aber schnell, als seine Frau zum Abschluß des Abendessens ihm noch zwei schöne Eierpfannkuchen mit guter Erdbeermarmelade brachte. Das war doch nun einmal sein Leibgericht. Die Hühner im Garten sorgten dafür, daß er diese leckere Speise noch immer essen konnte. Das gute weiße Mehl kam vom Hofe seines Sohnes. Er durfte es nur nicht wissen, denn dann hätte er diese Eigenmächtigkeit seiner Frau sofort verboten. So aß er mit Genuß diesen Nachtisch und wischte sich hinterher umständlich seinen mächtigen Schnurrbart, der noch an die Zeit Kaiser Wilhelm Il. erinnerte.

*

Nicht überall aber waren an diesem Tage die Tische gut gedeckt. Nahezu die Hälfte der Einwohner von Waldstedt bestand aus Flüchtlingen. Sie waren aus Pommern und Ostpreußen, aus Schlesien und dem Sudetenland wie Wrackholz hierher gespült worden. Jetzt hausten sie oft unter den unmöglichsten Verhältnissen in ehemaligen Dachkammern, Gesellenstuben oder wirklich überflüssigen Wohnzimmern der eingesessenen Bevölkerung und versuchten, ein neues Leben anzufangen, sich eine neue Existenz aufzubauen. Diesem und jenem war es schon gut gelungen. Sie hatten wieder Fuß gefaßt. Es war ihnen bereits geglückt, dieses oder jenes Möbelstück zu beschaffen. Manche Hausfrau, die einmal einen großen Hausstand geleitet oder auch nur in einer bescheidenen pommerschen Tagelöhnerhütte gewohnt hatte, schuf mit viel Geschick sich und ihrer Familie ein neues kleines Zuhause.

Zu diesen gehörte auch der städtische Angestellte Fritz Harting. Früher war er als Knecht auf einem Bauernhof in Ostpreußen tätig gewesen, dann ging er zum Militär, wurde schließlich Hauptmann und führte zuletzt ein Bataillon. Mit dem Ritterkreuz und einem Rucksack voll Wäsche, einem Paar Schuhe, einer Ausbildungsvorschrift für die Infanterie und einem schmalen Band Goethes Faust 1. und 2. Teil, traf er in dieser kleinen Stadt ein. Seine Familie saß noch drüben in der russischen Zone, erst später fand er sie und konnte sie herüberholen. Er steckte das Ritterkreuz in die unterste Ecke seines Rucksacks, den Goetheband legte er oben auf; die AVI wanderte auf das im Hof gelegene Häuschen mit Herz. Den Sack stellte er in eine Ecke der schmalen Dachstube, die er damals zugewiesen bekam. Die feldgraue Uniform wurde umgefärbt. Während dieser Zeit lieh ihm ein gutmütiger Nachbar einen alten Anzug, der ihm viel zu groß war.

Dann spuckte Harting kräftig in die Hände und begann als Holzfäller für ein Sägewerk zu arbeiten. Das Deputatholz steckte er teilweise in den Ofen. Für den Rest ließ er sich von seiner Firma Bretter geben und baute einen Tisch, eine Bank, ein Bett. Für den Strohsack erhielt er einen Bezugschein vom Wirtschaftsamt.

Als der Winter vorbei war, gab er seinen Holzfällerberuf auf und wurde Geschäftsführer des neugegründeten Klein- gärtnervereins. Im Sommer holte er seine Familie und bekam auch tatsächlich nach vielen Laufereien für sich, seine Frau und drei Kinder zwei Zimmer zugewiesen. Als im Herbst die Kleingärten abgeerntet und kahl waren, wurde ihm sein Geschäftslokal, ein alter Laden, zu kalt. Es gelang ihm der Sprung ins Rathaus. Erst wirkte er als Schreiber auf dem Wohnungsamt, jetzt war er Leiter dieser Dienststelle und verdiente schon wieder das Nötigste.

An diesem Abend saß er über einem Stoß Akten an sei- nem selbstgezimmerten Tisch und versuchte sich durch die Ermittlungsberichte seiner Mitarbeiter durchzufinden. Es war kein erfreuliches Tun. Überall mußte eigentlich geholfen werden. Aber wo sollte er den Wohnraum hernehmen? Wieder fielen ihm die Akten Tomescheit in die Hand. Das war sein schwerster Fall. Hier mußte zuerst und gründlich geholfen werden. Harting blätterte in den zusammengehefteten Schreiben und Berichten. Bei der 14jährigen Tochter war Lungentuberkulose festgestellt worden. Sie gefährdete die ganze Familie, vor allem die beiden kleineren Geschwister. Die beiden ältesten Brüder waren kurz hintereinander aus der Kriegsgefangenschaft zurückgekehrt, der eine aus England, der andere aus Rußland. Aber immer noch hauste die Familie in dem zugigen, engen Dachzimmer.

Soviel Harting aber auch nachdachte und in den Akten suchte, er fand nirgendwo zwei Zimmer, die er beschlagnahmen konnte. Es blieb keine andere Wahl, als morgen zum Hauptpastor ins Pfarrhaus zu gehen. Hier waren noch zwei Räume vorhanden, die nach den Bestimmungen beschlagnahmt werden konnten. Er war sich klar darüber, daß dies wohl die schwerste Aufgabe sein würde, die er bisher zu lösen hatte. Sein Vorgänger im Amt hatte es vergeblich versucht. Er hatte nicht nur den Widerstand des Pastors und noch mehr den der Frau Pfarrer gefunden, sondern stieß mit seinem Beschlagnahmeverlangen auch auf eisige Ablehnung der städtischen Wohnungskommission.

Währenddessen saß Hauptpastor Naßler, nachdem er gut gespeist hatte, am Schreibtisch seiner Studierstube und freute sich, daß es ihm wieder einmal ohne Schwierigkeiten gelungen war, ein gutes Werk, eben die Renovierung der Kirche, in die Tat umzusetzen. Gleich morgen wollte er mit dem Baumeister alle Einzelheiten besprechen. Wenn die Arbeit jetzt im Frühling begonnen würde, müßte es eigentlich gelingen, alles so weit voranzubringen, daß zu Beginn des neuen Kirchenjahres, im Advent, die Neueinweihung erfolgen könnte.

Nein, es bestand wirklich kein Zweifel darüber, daß diese Arbeit getan werden mußte. Er, der erste Pastor des Kirchspiels, hatte die Verantwortung zu tragen. Es sollte ihm niemals von irgendeiner Seite ein Vorwurf gemacht werden. Die Kirchenväter standen auch in dieser Frage geschlossen hinter ihm. Er hatte es heute erneut bestätigt gefunden.

25 Jahre hatte er nun schon seiner Gemeinde in Treue gedient. Sie kannte ihn und er kannte sie. Solche gemeinsam durchlebte Zeit bindet. Die vielen neuen Seelen, die jetzt zugewandert waren, würden sich bestimmt ebenfalls in die Ordnung der Kirche fügen. Er hatte ein sehr offenes Herz für sie. Sie waren ihm sehr recht, bemerkte er doch, wie die oft recht leer gebliebenen Bänke der Kirche sich mit den Flüchtlingen füllten. Es waren meist alte und gesetzte Leute, die hier in Waldstedt Zuflucht gefunden hatten.

Es würde nun doch vielleicht Zeit, diesen Heimatvertriebenen mehr Rechte zur Mitbestimmung am kirchlichen Leben einzuräumen. Ja, er nahm sich ernsthaft vor, bei künftigen Nachwahlen für ausscheidende Kirchenväter vorläufig nur noch aus diesen Reihen Vorschläge zu machen. Er war sich darüber klar, daß er hierbei auf harten Widerstand stoßen würde. Wie stark dieser Widerstand sein würde, konnte man unschwer erkennen, als vor einem Jahr bei der Neuwahl auf das Drängen des Amtsbruders Badener der junge Studienrat Poppendorf in die Kirchenvertretung gewählt wurde. Und dabei war dieser Studienrat noch nicht einmal ein Fremder. Er stammte zwar aus dem Hessischen, hatte aber schon kurz vor dem Kriege die jüngste Tochter seines Amtsvorgän-

gers geheiratet. Trotzdem aber galt er wenig bei den Einheimischen, zumal er immer so neumodische Ideen äußerte.
Pastor Naßler wußte genau, daß der Studienrat sich auch
heute bei seinem Verlangen nach einem Architekten nicht
beliebt gemacht hatte. Nun, ihn, den Hauptpastor, sollte dies
nicht stören. Er tat seine Pflicht, wie sie ihm Gott und sein
Amt vorschrieben.

*

Das erste, was am frühen Morgen des nächsten Tages
dem Bäckermeister Oldorf erzählt wurde, war die
beschlossene Tatsache, den Turm der Kirche wieder
gerade richten zu lassen. Breit und behäbig stand der Bäckermeister vor der Tür seines Ladens und ließ sich die Frühlingssonne auf sein kostbares Bäuchlein scheinen. Der Besitzer der größten Bäckerei von Waldstedt hatte ganz klein
angefangen. Der enge Laden faßte kaum drei Kunden und
war eigentlich ein Stück des Hausflures. Sein Vater hatte
noch Backstube und Laden zugleich versehen, während seine
Mutter morgens die Brötchen austrug und nebenbei noch mit
Zuckerwerk und Lakritzenstangen handelte. Als der Sohn
dann seine zwei Jahre bei den preußischen Pionieren in Har-
burg abgedient hatte, übernahm er das Geschäft. Während
seiner Soldatenzeit hatte er Konditern gelernt, so ganz nebenbei, als er bald nach seiner Rekrutenzeit ins Offizierskasi-
no abkommandiert worden war.

Jetzt nutzte er sein Können aus. Sein Kuchen wurde bekannt, und als er schließlich nach mancherlei Widerständen

die Tochter des Großbauern Mohr geheiratet hatte, konnte er von der Mitgift das Haus kaufen, in dem er heute noch die Bäckerei betrieb. Seine Ehe hatte ihm die Anerkennung der Honoratioren der Stadt verschafft. Nach ein paar Jahren konnte er die alte Backstube abreißen und sie neu und modern wieder aufbauen. Später fiel auch das Wohnhaus mit dem Laden der Spitzhacke zum Opfer. An seiner Stelle erstand in kurzer Zeit ein neues Haus mit einem Laden, der jedem Ansturm gewachsen war.

Mit außerordentlicher Zähigkeit war er seinen Weg gegangen, bis er es zum ersten Bäckermeister am Orte gebracht hatte. Er war nicht immer wählerisch bei der Anwendung seiner Mittel gewesen. Sein Backwerk aber war vorzüglich. Auch heute noch war alles, was seine Backstube verließ, gut, trotz all' der Schwierigkeiten, die bestanden. Das Mehl war grau, Zucker und Fett kaum zu erhalten. Aber er hatte gute Verbindungen. Sein Brot war doch eine Kleinigkeit heller als anderswo. Zum Sonntag konnte er sogar seine bekannten Klöben mit gutem weißen Mehl backen. Und wer ihm Zucker- und Fettmarken gab, bekam diese Klöben in fast friedensmäßiger Qualität. Heute wirkten in der Backstube mehrere Gesellen, und ein Werkmeister hatte ein wachsames Auge auf die drei Lehrjungen.

Bäckermeister Oldorf konnte es sich trotz aller Schwere der Zeit schon leisten, an diesem schönen Frühlingsmorgen vor der Tür zu stehen und die Sonne zu genießen. Er hatte seinen Laden in unmittelbarer Nähe der Kirche. Da sah er den Kaufmann Thomsen um die Ecke kommen. Und weil das Wetter gar so schön war, ließ er sich in einen Morgenschwatz ein. Sie sprachen über den Kirchturm. Das interessierte auch den Bäckermeister, denn den Turm konnte er so schön sehen, wenn er hier vorm Laden stand. Ja, er hatte sich schon immer darüber geärgert, daß der so schief war. Er war also durchaus damit einverstanden, daß hier Abhilfe geschaffen wurde. Die übrigen Renovierungsarbeiten in der Kirche, über die ihn Kaufmann Thomsen unterrichtete, waren ihm gleichgültig. Er ging doch nie in die Kirche. Die Pastoren waren für ihn nur Quasselfritzen. Himmelspiloten nannte er sie. Den Ausdruck hatte er einmal von einem Soldaten aufgeschnappt, der bei ihm zu Beginn des Krieges einige Tage im Quartier gelegen hatte. Der Stadtklatsch, den Kaufmann Thomsen ihm erzählte, fand keinen Widerhall in ihm. Er handelte nach dem Grundsatz „Leben und leben lassen" und weil er sich nicht um andere kümmerte, wollte er auch nicht, daß sich andere um ihn kümmerten. Das war allerdings nur ein sehr einseitiger Wunsch.

Bei aller Geschäftstüchtigkeit hatte Bäckermeister Oldorf sich aber doch ein gutes Herz bewahrt. Sein Amt als Vorsitzender der Wohnungskommission wurde ihm dadurch oftmals recht schwer. Er sah wohl die Sorgen und Nöte der Flüchtlinge, aber er konnte sie schließlich doch nicht beheben. Es war doch ein Recht der alten Waldstedter Bürger, ihre Wohnstuben zu behalten. Das gute Zimmer war ja meist schon vom Wohnungsamt beschlagnahmt worden. Das konnte nicht immer verhindert werden. Aber es gab doch auch eine Grenze. Er war deswegen zur Kreisverwaltung gefahren und hatte dem Landrat einmal ganz energisch die Meinung gesagt. Nach Waldstedt dürften keine Flüchtlinge mehr kommen. Das ginge unter keinen Umständen. Er gab nicht eher nach, bis es ihm tatsächlich gelungen war, das Versprechen zu erhalten, wenigstens vorläufig keine weiteren Flüchtlinge mehr nach Waldstedt zu schicken. Die Stadtväter, er war selbst ja auch Mitglied des Gemeindeparlaments, rechneten ihm diesen Erfolg hoch an. Als der Angestellte Harting ihm dann neulich erklärte, daß er wenigstens 10 Familien in einigen Dachgeschossen gut unterbringen könnte, wenn er nur das nötige Baumaterial wie Holz und Zement bekommen würde, setzte sich Bäckermeister Oldorf straks in seinen Lastwagen und kam am Abend mit den benötigten Sachen wieder an. Das Stadtbauamt sorgte für den Ausbau. Eine Rechnung über die Baustoffe ist aber niemals vom Bäckermeister eingereicht worden. Wegen solcher Kleinigkeiten machte man im übrigen auch gar kein Gerede. Die zehn neuen Wohnungen sorgten ja auch gleichzeitig dafür, daß sein Haus nicht weiter in Anspruch genommen wurde. So war allen Teilen geholfen.

Gerade als Kaufmann Thomsen sich wieder verabschiedete, sah er, wie Baumeister Clasen, Malermeister Petermann, Hauptpastor Naßler und Pastor Badener durch die Kirchentür gingen. Aha, dachte er, große Ereignisse werfen ihre „schwarzen" Schatten voraus, und ging in die Backstube.

Inzwischen unterhielten sich die vier genannten Herren in dem kühlen Kirchenschiff über die auszuführenden Arbeiten. Malermeister Petermann, ein bescheidener, kleiner Mann mit einer großen Brille, schlug vor, den jetzt im Ort wohnenden Kunstmaler Bracht zu den Arbeiten hinzuzuziehen. Er traue es sich doch nicht zu, die künstlerische Erneuerung verschiedener alter Bilder allein vorzunehmen. Er sei ja schließlich nur ein ehrsamer Handwerker, aber kein Künstler, meinte er. Die übrigen Herren waren damit einverstanden. Er solle mit der Arbeit nur recht bald beginnen und auch die Verhandlungen mit dem Künstler führen. Dazu war er gern bereit.

Gemeinsam stiegen sie nun in den Turm. Hier hatte der Baumeister das Wort. Mit Zirkel und Zollstock maß er die Balken ab, die scheinbar unentwirrbar kreuz und quer durch den engen Turm liefen. Mancher war schon morsch und faul, in diesem und jenem pochte leise der Holzwurm. Staubfeines Holzmehl rieselte aus seinen Bohrlöchern.

Baumeister Clasen stieg allein höher. Die schmalen Treppen waren zu Ende. Der weitere Aufstieg war nur noch über steile Leitern möglich. Nach kurzem Zögern folgte ihm Pastor Badener, während der Hauptpastor und der Malermeister auf der kleinen Fläche unter dem Kaiserbalken warteten. Hier und dort warf eine kleine Fensterlücke Licht in den Turm. Schließlich blieb der Baumeister auf einigen Balken stehen und ließ den Pastor nachkommen. Er zeigte ihm die Stelle, wo der Kirchturm aus seiner Lotrechten abwich. Er maß wieder und wieder die Balken und erklärte, daß diese vier hier um wenigstens fünf Zentimeter verkürzt werden müßten. Dann würde der Turm sich nach dieser Seite senken und dadurch wieder gerade stehen.

Pastor Badener erhob mancherlei Bedenken und schließlich mußte auch der Baumeister zugeben, daß dies Werk nicht ganz ungefährlich sei. Aber es wäre die einzige Möglichkeit und müßte versucht werden.

Bei einer näheren Besichtigung ergab es sich, daß auch der Kaiserbalken, der das ganze Balkengerüst trug, schon so stark vom Zahn der Zeit angenagt war, daß er ebenfalls erneuert werden mußte. Auch zu dieser Arbeit erklärte sich der Baumeister bereit, gab aber hier zu bedenken, daß diese Erneuerung leicht zum Einsturz des ganzen Turmes führen könnte. Ob dieser Möglichkeit waren die Zuhörer sehr erschrocken. Aber Pastor Naßler meinte schließlich, daß das, was nun einmal gemacht werden müßte, auch gemacht werden sollte. Clasen und auch Petermann sollten immerhin sofort mit ihren Arbeiten beginnen. In gegenseitigem Einvernehmen ging man auseinander.

*

Als Hauptpastor Naßler sein Amtszimmer betrat, fand er den Leiter des Wohnungsamtes vor. Es fiel Herrn Naßler, der seinen Gast ohne besondere Freude begrüßte, nicht allzu schwer, den Zweck dieses Besuches zu erraten. Er war aber doch zu klug, um durch ablehnende Haltung von vornherein eine gespannte Atmosphäre zu schaffen. Er ließ sich deswegen auch Zeit, bis er in betonter Ruhe an seinem Schreibtisch Platz genommen hatte. Erst dann fragte er den Besucher nach seinem Begehren. Aber auch Fritz Harting hatte Zeit. Seine angeborene ostpreußische Ruhe machte ihn diesmal zum Herrn der Situation. Er schilderte in bewegten Worten das Los der Familie Tomescheit, so daß der Pastor schon glaubte, Harting wollte nichts weiter als Hilfe und Unterstützung aus dem Hilfswerk der Kirche, das Naßler verwaltete. Ja, er ließ sich zu der unvorsichtigen Äußerung verleiten, daß in diesem Falle wohl wirklich dringend Hilfe nottat. Als Harting dies hörte, ging er sofort zum Angriff vor.

„Ja, Herr Pastor, deswegen komme ich zu Ihnen. Sie allein können noch helfen und ich möchte Sie deshalb bitten, dieser Familie die hier im Pfarrhaus noch verfügbaren zwei Räume zu überlassen."

Harting hatte den Satz noch nicht beendet, als sich die Züge seines Gegenübers geradezu versteinerten. Hier wurde der Pfarrer an einer empfindlichen Stelle getroffen. Mit den Worten „Ich werde meine Frau holen", verließ er das Zimmer, um gleich mit der Frau Pfarrer zurückzukommen. Als diese hörte, was der Besucher wollte, bewahrte sie nicht die Ruhe ihres Mannes, sondern lehnte laut und energisch, mit vor Erregung zitternder Stimme ein derart skandalöses Ansinnen rundweg ab. Darüber gäbe es nach ihrer Ansicht überhaupt keine Diskussion. Sie endete ihren Redeschwall mit der Feststellung: „Nur über meine Leiche." Harting, der inzwischen aufgestanden war, hatte, wie ein Fels in der Brandung, die Flut über sich ergehen lassen. Auch die Drohung mit der Leiche konnte ihn nicht erschüttern. Er zeichnete nur noch einmal in kurzen Zügen das Bild der Familie Tomescheit und ihre Not und vergaß auch nicht, zu erwähnen, daß eben erst der Herr Pastor sogar selbst festgestellt hatte, daß hier Hilfe nottat.

Da wandte sich die ganze Aufregung der umfangreichen Pfarrersfrau sofort ihrem Ehemann zu. Die Feststellung, daß er mit seiner Gutmütigkeit noch die ganze Familie - sie hatten keine Kinder - ins Unglück stürze, war für den Pastor das drohende Signal einer hausfräulichen Gardinenpredigt. Auch Harting erkannte diese Gefahr. Rasch zog er deshalb aus seiner Aktentasche das ausgefüllte Formular einer Beschlagnahmeverfügung und überreichte es der wütenden Frau. Das verschlug ihr vorerst einmal die Sprache. Der Pfarrer nahm ihr das Blatt aus der Hand, überflog es und sagte nur: „Wir werden Beschwerde einreichen." - - Jetzt fand auch seine Ehefrau wieder Worte. Sie bekräftigte den Ausspruch ihres Mannes.

Als sie aber doch einmal Luft holen mußte, meinte Harting in aller Ruhe:

„Das Recht haben Sie, doch aufschiebende Wirkung hat diese Beschwerde nicht. Die Familie Tomescheit wird morgen hier einziehen. Ich bitte Sie von ganzem Herzen, finden Sie sich mit dieser Tatsache ab. Es wäre für alle Teile, für Sie, für mich und für die ganze Stadt eine sehr peinliche Angelegenheit, wenn Ihr neuer Mieter sich die Polizei zur Hilfe holen müßte, wozu er ein Recht hätte."

Mit einer höflichen Verbeugung beendete er diesen für ihn so schweren Besuch.

✳

D rei Tage später - die Arbeiter der Baufirma Clasen luden gerade Leitern, Bohlen, Bretter und einen Flaschenzug am Fuße des Kirchturms ab - zog die Familie Tomescheit ins Pfarrhaus. Ihre ganze Habe hatte Platz auf einem Wagen, wie ihn der Sattler- und Tapeziermeister Müller zum Transport seiner Sofas und Chaiselongues brauchte.

Tröstend versicherte Tomescheit senior dem Pastor, der sich schon halb und halb mit seinen neuen Untermietern ausgesöhnt hatte, daß er noch einen Wagen mit den Resten seiner Feuerung bringen würde. Beim Anblick dieser dürftigen Einrichtung wurde dem Hauptpastor zu Waldstedt erst recht weich ums Herz und zusammen mit seinem neuen Hausgenossen stieg er auf den Boden.

Karl Tomescheit wunderte sich zwar, daß der Pastor leise und vorsichtig die Treppen emporstieg und folgte diesem Beispiel, weil er meinte, daß dies in dem Pfarrhaus so üblich sei. Die Aufklärung wurde ihm allerdings etwas später gewahr, als die Frau Pastorin das Aussuchen von noch brauchbaren Möbeln auf dem Dachboden unterbrach. Er wurde Zeuge einer Predigt, die dem Pastor gehalten wurde und die bestimmt in keinem Predigtbuch der Pfarrbibliothek aufgezeichnet war. Er entzog sich dem Ende des dramatischen Monologs, indem er kurz entschlossen zwei Betteile unter den Arm klemmte und den Dachboden verließ. Als der Pfarrer dies gewahrte, nahm er rasch ebenfalls zwei Teile und folgte seinem Untermieter.

War schon der Redefluß der zornigen Hausfrau beim Abgang Thomescheits leicht ins Stocken geraten, so versiegte er jetzt bei dem ungewohnt resoluten Handeln ihres Ehegesponstes völlig. Das – das war ihr noch nicht vorgekommen, und grollend verschwand sie ebenfalls, nicht ohne sich vorzunehmen, das noch Ungesagte heute Abend nachzuholen.

Noch zwei weitere Betten holten Pastor und Untermieter gemeinsam vom Boden. Beglückt ob dieses Entgegenkommens dankte Frau Tomescheit mit vielen Worten dem Pastor, der sich durch schleunige Flucht in sein Amtszimmer weiteren Danksagungen entzog.

Wieder an seinem Schreibtisch sitzend, nahm er sich vor, die noch zu erwartende Rede seiner Gemahlin mit Standhaftigkeit zu ertragen. Er nahm sich aber auch vor, in diesen Dingen nun endlich einmal Rückgrat zu zeigen und das Heft seines kleinen kinderlosen Haushalts in die Hand zu nehmen.

Am Abend setzte er auch mannhaft seinen Vorsatz in die Tat um.

Währenddessen nahm die Familie Tomescheit endgültig Besitz von ihrem neuen Zuhause. Sechs Betten für sieben Personen, wirklich ein märchenhafter Reichtum, die beiden Jüngsten konnten ja noch bequem gemeinsam ein Bett benutzen. Überhaupt hatte dieser Frühling der Familie bisher nur Gutes und Schönes gebracht. Tomescheit senior und der älteste Sohn sollten bei Baumeister Clasen anfangen zu arbeiten und die Arbeitsstelle, die Kirche, lag vor der Tür. Am Abend beschloß die Familie, am nächsten Sonntag gemeinsam zum Gottesdienst zu gehen. Die Besserung der äußeren Lebensumstände hatte auch bei den Eheleuten eine unsichtbare Eisschicht zum Schmelzen gebracht.

*

Baumeister Clasen hatte alles notwendige Gerät und Handwerkszeug zur Kirche schaffen lassen. Er konnte mit der Arbeit noch nicht gleich beginnen, da ein Teil der sofort benötigten Balken erst im Sägewerk zugeschnitten werden mußte. Malermeister Petermann hatte dagegen seine Aufgabe unter sachverständiger Assistenz des jungen Kunstmalers Bracht bereits angepackt.

Nun wurde es auch Zeit, daß der Herr Bürgermeister Peter Petersen sich mit den Arbeiten an der Renovierung der Kirche befaßte. Von der Kirchenvertretung waren die Anträge auf Bewilligung von Baumaterialien bei der Stadtverwaltung eingegangen. Der zuständige Leiter des Bauamtes hatte sie geprüft. Nun mußte die Ratsvertretung sich damit beschäftigen und nach Anhören des Bauausschusses die Forderungen bewilligen oder ablehnen. Der Bürgermeister war kein Freund des ganzen Vorhabens. Er hatte eingehend mit seiner Frau darüber gesprochen, die ihn kräftig in seinen Ansichten unterstützte. Sie machte ihn auch darauf aufmerksam, daß er als Glasermeister gar kein besonderes Interesse daran haben konnte. Der Bürgermeister wies aber diese Begründung zurück, indem er erklärte, daß er als Stadtoberhaupt die Interessen Aller zu vertreten habe. Ein Stachel blieb aber doch zurück, zumal seine Frau ihm erwiderte, daß er gerade deswegen nicht für den Bau stimmen könne. Schließlich sei es ja wichtiger, erst die Flüchtlinge unterzubringen und dafür das Baumaterial zu verwenden. Ja, wenn er nur dieses Flüchtlingsproblem lösen könnte! Es war ein Jammer! Und überhaupt - er ging gar nicht in die Kirche. Also, was sollte das? Und im übrigen mußte er erst einmal eingehend mit dem Fraktionsführer der bürgerlichen Rathausfraktion darüber sprechen. So einfach ablehnen konnte man diesen Antrag der Kirche nicht. Dazu waren die Waldstedter zu sehr mit ihrem Gotteshaus verbunden. Man wußte schließlich auch nicht, wie die Sozialisten sich dazu stellen würden. Der Bürgermeister glaubte nicht, daß sie so ohne weiteres den Antrag ablehnen würden. Der eine Kommunist in der Ratsversammlung war ja doch nur ein Radaubruder und zählte nicht.

Bürgermeister Petersen war mit sich selbst unzufrieden. Seit sein einziger Sohn im Osten vermißt war - noch kurz vor Schluß des Krieges - war er immer übellaunig. Abends, wenn er allein mit seiner Frau in der Wohnstube saß, kam fast regelmäßig die Rede auf Claus Petersen, der erst kurz vor dem

Kriege sein Architektenexamen abgelegt und zuletzt als Hauptmann eine Kompanie im Osten geführt hatte. In Ostpreußen war er dann irgendwo verschollen. Der Vater konnte sich nicht damit abfinden. Er hatte nie in seinem Leben für sich selbst etwas gefordert. Klein hatte er als Glasermeister hier in Waldstedt angefangen. Schließlich war es ihm gelungen, den anderen noch im Orte ansässigen Handwerkskollegen auszuschalten und dessen Geschäft mitzuübernehmen. Nun hatte er keine Konkurrenz mehr. Die Leute munkelten zwar damals, daß bei dieser Geschäftsübernahme nicht alles mit rechten Dingen zugegangen sei, aber das war längst vergessen. Schließlich, was konnte er dafür, daß sein Kollege eine besondere Vorliebe für den Alkohol besaß, zu dem ihn Petersen oft eingeladen hatte. Aber das waren olle Kamellen und inzwischen hatte sich getreu dem Waldstedter Schlagwort „allens widder torecht trocken". Das Geschäft ging und er konnte es sich erlauben, den Sohn auf die Hochschule zu schicken. Der sollte es schließlich einmal besser und einfacher haben als sein Vater. Da hatte man nun mühsam Pfennig auf Pfennig gelegt und jetzt schien alles umsonst. Bürgermeister Petersen haderte mit sich, seiner Frau und seinem Geschick. Er war hart geworden, innerlich und äußerlich. Trotzdem hatte man ihn zum Bürgermeister gewählt. Es war einfach kein anderer da, der bereit gewesen wäre, dies Amt zu übernehmen. Und Petersen war bereit, einmal, weil er durch die Mehrarbeit sich von seinen grüblerischen Gedanken ablenken wollte, zum anderen, weil er hoffte, als Bürgermeister mehr Möglichkeit zu haben, nach seinem Sohn zu forschen. Hierin hatte er sich allerdings getäuscht und so blieb ihm nur die Arbeit als willkommene Ablenkung. Als Glasermeister hatte er jetzt wenig zu tun. Die paar Scheiben, die er hier und dort einsetzen konnte, lohnten nicht den Aufwand. Es gab noch kein Glas und seine Bestände aus früherer Zeit waren schon merklich zusammengeschrumpft.

Er war hart und hart war auch seine Frau, die im Gegensatz zu anderen Müttern ihren einzigen Sohn nie mit besonderer Liebe behandelt hatte. Sie stammte aus einem reichen Bauernhaus der Nachbarschaft, in dem es nur wenig Liebe oder Zärtlichkeit gegeben hatte. Ihr Mann war ihr früher immer zu weich gewesen, jetzt war er ihr durchaus recht. Allerdings, daß ihr Sohn ein Studierter werden sollte, fand von vornherein ihren Beifall. Da waren ihr auch die Kosten niemals zu hoch gewesen. Jetzt tat es ihr höchstens leid, das viele Geld ausgegeben zu haben. Daß es schließlich ihr Sohn war, der vermißt wurde, hatte sie, wie es schien, längst vergessen. Jetzt war ihr Mann Bürgermeister und Herr über 8000 Einwohner, wenn auch fast die Hälfte davon Flüchtlinge waren, die in ihren Augen nicht viel zählten. Diese Leute hatten ja nichts. Man durfte das ja nicht sagen, aber denken konnte man es schließlich.

An diesem Abend saß sie allein in ihrer Stube und stopfte Strümpfe. Ihr Mann war gleich nach dem Abendbrot zum Bauern Mohr gegangen, um den Kirchenbau zu besprechen. Mohr würde persönlich auch gegen die Anträge der Kirchenvertretung sein, aber man mußte ja leider Rücksichten nehmen.

*

Wenige Tage, nachdem der Bürgermeister mit dem Fraktionsvorsitzenden Mohr die abendliche Unterredung hatte, die ganz so ausgegangen war, wie Frau Petersen es gedacht, fand im Sitzungssaal eine öffentliche Ratsversammlung statt. Die zwanzig Ratsmänner saßen um den ovalen Tisch in bequemen Stühlen. Ein besonders hoher und gut gepolsterter Sessel stand am Kopfende der Tafel. Er war für den Bürgermeister bestimmt, der in seinem Amtszimmer noch eine Unterredung mit dem Baumeister Clasen hatte. Von den Wänden des Saales blickten die alten längst verstorbenen Bürgermeister auf die Versammelten. Zwei helle Flecke auf der sonst nachgedunkelten grünen Tapete zeigten noch die Stelle an, wo einmal Bilder von Männern gehangen hatten, derer man sich heute nicht mehr gern erinnerte. Die Abendsonne blinzelte mit ihren letzten Strahlen durch das bunte Fenster des Saales. Das Waldstedter Wappen mit den drei Tannenbäumen und dem blauen Wellenband des Flusses darunter, das im Mittelstück des Fensters eingelassen war, schien einen rotgoldenen Kranz erhalten zu haben. Doch die Ratsherren achteten nicht darauf. Für sie war es ein gewohntes Bild, das man zwar sah, aber das man nicht mehr in sich aufnahm. Ob wohl jemand von ihnen gewußt hätte, daß die drei Tannenbäume des Wappens verschieden groß waren?

Gerade als die Sonne gänzlich verschwand, trat der Bürgermeister in den Saal und eröffnete die Sitzung. Umständlich verlas der Schriftführer das letzte Protokoll. Da sich kein Widerspruch erhob, wurde es einstimmig genehmigt. Die Übernahme einer Bürgschaft für den Krankenhauszweckverband wurde von allen Parteien gebilligt. Der Turnverein hatte um einen Beitrag zum Ausbau des Sportplatzes gebeten. Der

Antrag wurde einstimmig abgelehnt. Die Wortmeldung des Kommunisten wurde geflissentlich übersehen. Als er deswegen Protest erhob, wurde ihm bedeutet, daß man sich bereits in der Abstimmung befinde und nach der Geschäftsordnung deshalb keine Wortmeldungen mehr zugelassen seien. Auch die übrigen Punkte der Tagesordnung wurden einstimmig gebilligt oder abgelehnt.

Die wenigen Zuschauer, die die Öffentlichkeit darstellten, kamen nicht auf ihre Kosten. Ihre Aufmerksamkeit wurde erst wieder geweckt, als der Bürgermeister den Punkt der Tagesordnung aufrief, der sich mit der Bewilligung von Baumaterialien für die Kirche beschäftigte. Diese Kircheninstandsetzung war schon Stadtgespräch geworden. Der Bürgermeister stand mit seiner privaten Meinung nicht allein in der Stadt. In den Schlangen vor den Milch- oder Fleischerläden, bei Gesprächen im Wirtschaftsamt konnte man des öfteren hören, daß es wohl wichtiger sei, das Material zum Ausbau von Wohnungen zu verwenden. Allerdings waren diese Stimmen in der Minderheit. Weit interessanter war die Frage, ob es wohl gelänge, den schiefen Turm wieder gerade zu richten.

Jetzt sprachen die Fraktionen zu dem Antrag. Bauer Mohr, als Vertreter der Bürgerlichen, hatte nur wenig zu sagen. Er beschränkte sich darauf, festzustellen, daß man dem Antrag zustimmen wolle, zumal der Opfersinn der Bevölkerung bereits die meisten Baumaterialien zur Verfügung gestellt hatte. Gewisse Bedenken machten die Sozialisten geltend. Sie kamen aber schließlich auch zu einer Befürwortung. Es blieb dahingestellt, ob diese Haltung aus Überzeugung oder aus taktischen Gründen kam. Der Kommunist dagegen machte aus seinem Herzen kein Christenparadies und erklärte, jeder sei ein Verräter, der für den Bau so überflüssiger Dinge auch nur einen einzigen Holzspan hergäbe.

Das erregte aber doch den Unwillen nicht nur der Ratsmänner, sondern auch der Zuhörerschaft, die nun endlich zu ihrer Sensation zu kommen schien. Die vom Bürgermeister heftig geschwungene Glocke vermochte erst nach geraumer Zeit die Ruhe wiederherzustellen.

Die kommunistische Rede rief nun aber auch den sonst so ruhigen Schuhmachermeister Hansen auf den Plan, der zum erstenmal in all' den vielen Jahren, wo er als Ratsmann getreulich im Sinne der Bürgerlichen abstimmte, sich zu einer scharfen Entgegnung erhob. So aufgeregt, ja, geradezu wütend, hatte noch niemand diesen Handwerksmeister gesehen. Hier wurde auch eine Saite seines Innern angerührt, die besonders empfindlich war. Wenn er auch vielen Dingen des Lebens zum mindesten gleichgültig gegenüberstand, sein Handwerk und seinen Glauben ließ er nicht antasten. Hier war so ein Fall, wo der ruhige Schuhmachermeister mit einem Kurzschluß reagierte.

Seine Rede fand den großen Beifall der Zuhörerschaft. Postmeister Kuber, der sich ebenfalls eingefunden hatte, klatschte sogar heftig und laut. Immerhin hatte diese Kontroverse dazu beigetragen, daß der Bürgermeister nun bei der Abstimmung sein „Ja" mit weniger inneren Vorbehalten gab. Jedenfalls wurde das beantragte Baumaterial gegen eine Stimme bewilligt. Der Kirchenumbau war damit gesichert. Befriedigt verließen die Zuhörer, unter ihnen auch Pastor Naßler und Baumeister Clasen, den Sitzungssaal, während die Ratsmänner die restlichen Punkte der Tagesordnung erledigten. Postmeister Kuber sorgte dafür, daß der Beschluß der Stadtväter sofort ausreichend bekannt wurde.

Und damit erfüllte er nur die von ihm selbst gewählte Verpflichtung.

*

Kaum hatte nun Baumeister Clasen mit seinen Gehilfen, unter denen sich Vater und Sohn Tomescheit befanden, die Arbeiten am Kirchturm begonnen, wurden auch schon Stimmen in der Stadt laut, die starken Zweifel in den Erfolg der Arbeit setzten. Das Unterfangen, den Turm wieder gerade zu richten, erschien den ängstlichen Gemütern als ein frevelhaftes Wagnis. Alte Frauen prophezeiten schon, daß dieses Werk keinen guten Ausgang nehmen würde, weil es nach ihrer Ansicht strafbar sei.

Viele Bewohner Waldstedts bemerkten überhaupt erst jetzt, daß der Turm schief war. Sie waren bisher achtlos daran vorbeigelaufen. Es gab ja auf der Erde soviel Wichtiges zu sehen und zu hören, da hatte man einfach keine Zeit, in den Himmel zu schauen. Und wenn man die Kirchenuhr nach der Tagesstunde fragte, gingen die Blicke auch nur bis zu dem einsamen Zeiger, der ruhelos über die römischen Ziffern glitt. Höher hinauf zu schauen war nicht üblich.

Das wurde jetzt aber mit einem Schlage anders. Der alte verrostete Wetterhahn auf der Spitze hatte noch nie so viele Blicke aufgefangen. Der Kirchturm war zum Mittelpunkt der Betrachtungen geworden. Hatten die Gespräche sich früher um das Wetter gedreht, so war jetzt der Kirchturm und die Frage, ob er stehenbleiben oder gar umfallen würde, das Thema auf der Straße und in den Häusern. Nur die Flüchtlinge nahmen wenig Anteil an diesen Sorgen der Alteingesessenen, womit sie wieder einmal zu beweisen schienen, daß sie doch so gar kein Verständnis für die Nöte und Sorgen der Stadt hatten.

Gerade war der junge Tomescheit dabei, den alten Wetterhahn abzumontieren, der nun auch in Pension gehen sollte. Sein Nachfolger war schon beim Klempner und Brunnenbauer Berger in Auftrag gegeben. Der alte Hahn aber sträubte sich mit allen verfügbaren Kräften. Kampflos wollte er seine Position nicht aufgeben. Schließlich aber war der Mensch doch stärker und traurig ergab er sich in sein Schicksal. Er tat noch einen letzten wehmütigen Blick über die kleine Stadt und nahm Abschied. Dann reichte Kurt Tomescheit ihn seinem Vater, der oben im Turm zwischen den Balken saß.

Jetzt ging man daran, die eine Seite des Schieferdaches abzudecken. Platte auf Platte reichte Tomescheit junior seinem Vater in den Turm hinein, und am Abend sahen die Bewohner der Stadt die kahlen Balken des Turmgerüsts durch die Bäume, die sich eben mit den ersten grünen Blätterspitzen schmückten. Man hatte nur die Schieferplatten abgetragen, die auf der Seite des Turmes das Gerüst deckten, zu der der Turm sich nun neigen sollte, um wieder gerade zu werden.

Mit dem Geraderichten des Turmes wollte Baumeister Clasen noch warten, bis ein besonders schöner Frühlingstag kam. Er konnte für das gefährliche Werk nur einen völlig windstillen Tag gebrauchen. Da würde noch eine geraume Zeit vergehen. Noch bliesen die oft recht heftigen Frühlingswinde um den Turm. Wären die Schieferplatten nicht durch solide alte Handwerksarbeit befestigt, dann wäre manche Platte heruntergeweht worden.

Über die Art, wie der Baumeister seine Arbeit ausführen wollte, hatte er nicht gesprochen. Nur wenige Leute wußten etwas davon. Er kannte seine Mitbürger viel zu gut und hatte auch schon genug von den ängstlichen Gerüchten gehört, die durch die Stadt gingen. Er wollte deshalb nicht Anlaß zu neuen Erzählungen geben. Leider war dieses Vorhaben erfolglos. Es hatte sich doch schon herumgesprochen, wie er es machen wollte. Und da er nun noch mit der Ausführung seiner Arbeit zögerte, erhielten alle diese Gerüchte neue Nahrung.

Man sah auch, daß die Arbeiter im Turm einzelne Balkenteile aussägten und durch neue Stücke ersetzten. Der Flaschenzug schaffte das alte Holz herunter. Es lag jetzt am Fuße des Turmes und jeder konnte sehen, daß der Holzwurm es zerfressen hatte. Postmeister Kuber, der ahnungslose Engel, sorgte dafür, daß diese Tatsache bald bekannt wurde. Die Gemüter erregten sich aufs Neue.

Frau Bürgermeister Petersen hörte im Laden des Bäckermeister Oldorf von den morschen Balken und machte ihrem Mann bittere Vorwürfe, daß er den Umbau des Turmes zugelassen hatte. Es wäre seine Pflicht als Bürgermeister gewesen, so sagte sie ihm, die Gefahr von der Stadt und ihren Bewohnern abzuwenden. Wenn der Turm zusammenstürzen sollte, würden die Trümmer ihn, das Stadtoberhaupt, treffen.

Und wahrlich, der Bürgermeister Petersen gehörte nicht zu den Unerschrockenen. Bald begann er selbst die Gefahren zu sehen, die ihm seine Frau in so schrecklichen Bildern malte. Er beschäftigte sich so sehr mit diesen Gedanken, daß er sogar eines Nachts einen schrecklichen Traum hatte. Er sah, wie der Kirchturm sich vom Kirchenschiff löste und immer näher auf ihn zukam. Baumeister Clasen, er erkannte ihn deutlich, versuchte vergebens, den Turm zu halten. Oben auf der Spitze sah er dann plötzlich seinen vermißten Sohn sitzen. Gerade als der Turm ihn fast erreicht hatte und sich zu ihm niederbeugte, wachte er zitternd auf. Es war aber nur seine Frau, die ihn gerade wecken wollte, denn die Morgensonne blinzelte schon in das Schlafzimmerfenster.

Am Abend beschloß er, zu Baumeister Clasen zu gehen. Die lange Unterhaltung bei einer guten Zigarre beruhigte ihn schließlich wieder. Ein paar kräftige Schnäpse, die Clasen einschenkte, halfen dem Bürgermeister, sein inneres Gleichgewicht wiederzufinden. Als er heimwärts ging, sah er im hellen Mondschein den Kirchturm. Er stand fest auf seinem Platz, dafür schwankte aber der Herr Bürgermeister recht bedenklich. Das kam aber nur von den vielen guten beruhigenden Gedanken, die ihm der baumeisterliche Schnaps eingegeben hatte.

*

D a geschah es eines Tages, daß Bäckermeister Oldorf am Geschäft des Manufakturwarenhändlers Thomsen vorbeikam, und Herr Thomsen, der sich gern als Kaufmann bezeichnete, stand in seiner Ladentür. Es kam ja jetzt so selten ein Kunde, um etwas zu kaufen. Neue Ware hatte es schon seit Wochen nicht mehr gegeben. Die Kasperlepuppen oder die anderen Spielsachen, mit denen er seine Regale füllte, gingen um diese Zeit nicht. Das war etwas für Weihnachten. Die Brummkreisel und Marmelkugeln, die die Kinder jetzt kauften, konnten das Geschäft allein auch nicht rentabel machen. Man mußte ja schon, ob man wollte oder nicht, hier und dort einmal ein Paar Strümpfe, eine Rolle Stopfgarn „unter dem Ladentisch" verkaufen. Dieser Handel war ihm eigentlich gar nicht recht, aber irgendwie mußte der Schornstein ja rauchen. Das Finanzamt wollte auch pünktlich die Steuern haben. Da mußte man schon mit den Wölfen heulen. Ja, die Zeiten waren schlecht!

Was sollte er nun schon anderes tun, als in der Ladentür zu stehen und nach dem Wetter Ausschau zu halten. Die ersten schönen Frühlingstage schienen zu Ende gehen zu wollen. Gerade hinter dem Kirchturm baute sich eine dunkle Wolkenwand auf. Es würde Regen geben, dachte er, als Bäckermeister Oldorf vorbeikam.

Mit einem Gespräch über das Wetter begann man auch in Waldstedt jede Unterhaltung. Besorgt zeigte auch Oldorf auf die Wolkenwand. Mit einer Handbewegung auf den Turm spann er den Gedanken weiter. Es wird doch hoffentlich keinen Sturm geben?! Einen Augenblick dauerte es, bis Thomsen die Bedeutung dieser Äußerung begriff.

„Um Gottes willen, nur kein Sturm", rief er erregt. „Was soll dann aus dem Turm werden?"

Ganz zappelig wurde der kleine Mann bei diesem Gedanken. Wenn jetzt ein Sturm kommt und der Turm hält dies nicht aus! Er wird zusammenstürzen und dann - ja dann - ihm schienen sich alle Haare zu sträuben - werden die Trümmer gerade auf sein Haus fallen. Der behäbige Bäckermeister versuchte ihn zu beruhigen. So schlimm werde es schon nicht werden. Der Turm halte schon etwas aus. Ja, ja, wenn man auch bedenken müßte, daß doch viele Balken schon recht morsch wären.

Kaufmann Thomsen konnte sich nicht beruhigen. Schließlich meinte er, daß der Wind sich ja vielleicht auch noch drehen könnte. Woher kommt er denn überhaupt? Prüfend blickte er zur Kirchturmspitze, aber der Hahn, der ihn bisher immer informiert hatte, war verschwunden. Da feuchtete er einen Finger an und streckte ihn in die Luft. Doch, es wehte schon ein Wind, aber er kam von rechts, und beruhigt stellte Thomsen fest, daß, wenn jetzt der Turm umfiel, er höchstens auf das Pfarrhaus fallen könnte. Es würde sie also nicht treffen, meinte der Bäckermeister.

Da unterhielten sich die beiden über andere Dinge. Erst als der leichte Zipfel der weißen Bäckerjacke zu wehen begann, bemerkten sie, daß der Wind stärker geworden war. Besorgt schauten sie zur Turmspitze.

Da - was war denn das? Ja, sahen sie denn richtig? Entsetzt schauten sie sich gegenseitig an. Auch der Bäckermeister verlor einen Teil seiner stadtbekannten Ruhe. Da - der Turm schwankte. Er schwankte, ganz deutlich war es zu erkennen! Er wird doch nicht ... ? Nein - jetzt stand er wieder ruhig und fest. Es war nichts mehr zu erkennen.

Aufatmend blickten sie wieder auf die Straße. Aber die Sprache hatten sie noch nicht wiedergefunden. Wortlos verabschiedete sich der Bäckermeister und eilte nach Hause. Kaufmann Thomsen verschwand ebenso schnell in seinem Kontor und ließ sich erschöpft auf den Stuhl fallen.

Jetzt erst konnte er „Mutter, Mutter" rufen und neugierig kam seine Frau aus der Küche. Er erzählte ihr rasch, was er gesehen und durchlebte noch einmal in Gedanken den Schreck, den er bekommen hatte. Dann eilte er wieder auf die Straße, um den Turm zu beobachten.

Inzwischen hatte sich aber der Himmel überall schwarz gefärbt und gerade als er zum Kirchturm hinaufblickte, fielen ihm die ersten Regentropfen ins Gesicht. Schleunigst verschwand er in der Ladentür, um von hier aus die weitere Entwicklung abzuwarten. Die Tropfen verdichteten sich immer mehr. Bald rauschte ein schöner, schwerer Regen vom Himmel und sammelte sich in immer breiteren Bächen auf dem holprigen Straßenpflaster. Der Wind aber hatte völlig aufgehört. Da schloß Thomsen, nun völlig beruhigt, die Ladentür.

Inzwischen hatte Frau Thomsen bereits durch das Küchenfenster die Nachbarin von dem Vorkommnis verständigt. Nur der jetzt heftiger fallende Regen verhinderte eine weitere eingehende Aussprache über diesen bedeutenden Vorgang. Gegen Abend wußten aber schon alle Bürger und noch mehr deren Frauen, daß heute der Kirchturm gewackelt hatte.

Postmeister Kuber, der sich bei Oldorf gerade ein billiges Brot ergattern wollte, hatte die Neuigkeit, die der Bäckermeister mitbrachte, erfahren, ehe er den Zweck seines Besuches erreichen konnte. Aber immerhin, das war eine Nachricht für das wandelnde Lokalblatt!!

Die Gespräche und Sorgen um den Kirchturm aber hatten im Orte neue Nahrung gefunden. Es nutzte nichts, daß Baumeister Clasen und manche anderen einsichtigen Leute, unter ihnen auch der Studienrat Poppendorf, immer wieder bewiesen, daß jeder Turm schwankt, wenn ein Windstoß ihn packt. Was man nicht glauben will, wird eben nicht geglaubt. Das ist in der ganzen Welt so, nicht nur in Waldstedt.

*

Es gab nicht viele Menschen in Waldstedt, die von den Ereignissen um den Kirchturm nicht berührt waren. Selbst die Mehrzahl der Flüchtlinge war nun schon von dem allgemeinen Fieber angesteckt worden.

Zu den wenigen aber, die selbst an den Gerüchten und Vermutungen keinen Anteil nahmen, gehörte die Krankenschwester Liesel Wagner. Während des Krieges hatte sie als Rote-Kreuz-Schwester in Lazaretten den Verwundeten und Kranken geholfen. Sie war in Italien und Frankreich gewesen. Schließlich war das Feldlazarett, dem sie angehörte, nach dem Osten verlegt worden. Sie hatte den Rückzug der deutschen Truppen miterlebt und hierbei zum letztenmal ihre pommersche Heimat gesehen. Als die Russen die Oder überschritten, war das Lazarett zum Teil in Gefangenschaft geraten. Sie gehörte zu den Glücklichen, denen es gelungen war, sich durch Mecklenburg hierher nach Schleswig-Holstein durchzuschlagen. Von der großen Flüchtlingswoge war sie schließlich nach Waldstedt geschwemmt worden. Hier hatte sie, die nicht gewohnt war, ihre Hände ruhen zu lassen, einen neuen Arbeitsplatz gefunden. Sie half mit besten Kräften und nie erlahmendem Eifer der Gemeindeschwester. Ihre schmalen kleinen Hände hatten schon manchem Trost und Hilfe spenden können, und überall war sie ein gern gesehener Gast. Zu den wohlangesehenen Bürgern kam sie wenig, denn wenn dort einmal jemand krank war, halfen die Tanten oder die Großmütter, die in der Umgegend wohnten. Um so mehr Aufgaben hatte sie aber dafür bei denen zu erfüllen, die die Last des verlorenen Krieges zu tragen hatten.

Wer sie sah, in dem dünnen Kleid oder dem aus einer Wolldecke selbst geschneiderten Mantel, hätte wohl kaum in ihr eine Krankenschwester vermuten können, wenn die

Schwesternhaube es nicht verraten hätte. Sie war klein und zierlich. Ihre Augen waren fast so dunkel wie ihre schwarzen Haare, aber sie glühten, als wenn ein heimliches Feuer in ihnen brannte. Sie war ein Mensch, so recht geschaffen, andere glücklich zu machen. Ihre Eltern? Ja, wo waren die geblieben? Alle Bemühungen, etwas über sie zu erfahren, waren ergebnislos verlaufen. Der Krieg hatte sie wohl ebenso verschlungen wie all' die vielen Millionen, die aus ihrem Heimatboden gerissen, wie ein loses Blatt verweht und verwelkt waren.

Schwester Liesel fand aber, daß es für sie, als jungen Menschen, nicht gut war, Vergangenem trauernd nachzuhängen. Man mußte sich von dem trennen, was gewesen war. Die Erinnerung blieb als köstlicher Schatz. Und damit mußte es genug sein. Die Zeit verlangte Menschen, die mit beiden Beinen fest auf der wohlgegründeten Erde standen, und die den Weg nach vorn zu neuen Zielen sahen. Liesel Wagner sah den Weg und ihre Aufgabe. Sie hatte auch ihren Humor wiedergefunden und war mit dem zufrieden, was das Schicksal ihr neu gab. Sie konnte helfen. Oft war sie den Gesunden, die den Mut verlieren wollten, ein größerer Trost, als denen, die alt und krank waren.

Oft hatte sie bei der Familie Tomescheit zu tun. Die kranke Tochter machte ihr viel Sorge und Kopfzerbrechen. Wie freute sie sich mit, als die Familie in ihre neue Wohnung ziehen konnte. Die vielen Gänge zum Arzt, zum Krankenhaus und zum Wirtschaftsamt hatte sie der Mutter Tomescheit abgenommen, die mit ihrem großen Haushalt schon genug Arbeit hatte. Jetzt bekam die Tochter die Zulagekarten. Im Laufe des Sommers sollte sie in eine Lungenheilstätte kommen. Auch dafür hatte Schwester Liesel gesorgt.

Als sie den Eindruck hatte, daß der eine Sohn in ihr mehr zu sehen schien, als nur die Krankenschwester, hatte sie ihm mit einigen spaßigen Worten die aufkeimende Neigung rasch ausgetrieben. Für die Liebe und solch' Zeug hatte Schwester Liesel keine Zeit. Der Junge war vernünftig genug, dies zu begreifen und sie blieben gute Freunde.

Bei den Ämtern und Behörden wußte sie sich gut durchzusetzen. Man kannte sie und wußte, daß mit ihr nicht gut Kirschenessen war. Sie setzte ihren Kopf durch, verlangte aber auch nie etwas Unmögliches. Fritz Harting hatte auf dem Wohnungsamt an ihr eine gute Hilfe. So manchem setzte sie den Kopf zurecht, der mit unerfüllbaren Forderungen kam. Und wenn der Streit zwischen Hauswirt und Mieter einmal zu stark wurde, dann bat Harting sie, zu versuchen, wieder Frieden zu stiften. Oft genug gelang es ihr, daß Beleidigungsklagen, die selbst vor dem Schiedsmann nicht geschlichtet werden konnten, zurückgezogen wurden.

Aber bei den Alteingesessenen konnte auch sie nur wenig erreichen. Neulich erst hatte es einen bösen Krach mit der Frau Bürgermeister gegeben, die in ihrer Härte und Unduldsamkeit den bei ihr untergebrachten Vertriebenen das Leben noch schwerer machte. Hier konnte auch Schwester Liesel nicht viel erreichen. Aber das entmutigte sie nicht. Im Gegenteil, Frau Petersen tat ihr oft recht leid und sie versuchte immer wieder, den Eispanzer um das Herz der Frau Bürgermeister zum Schmelzen zu bringen.

Ihr Tag, ausgefüllt mit helfendem Dienst, ließ ihr keine Zeit sich um Kirchtürme oder gar Gerüchte zu kümmern. Die wenigen freien Abendstunden galten der Sorge um ihr kleines Stübchen, das kaum Platz für einen Besucher bot, in dem man aber doch so traulich in ein Buch vergraben am Ofen sitzen konnte. Und in der Nacht? Ja, da schlief sie traumlos und fest, denn ihre Arbeit machte müde.

Also ließ sie den Kirchturm wackeln, er ging sie nichts an. Und doch sollte sie bald in das weitere Geschehen um diese stadtbewegende Angelegenheit hineingezogen werden, ja, sogar leidenschaftlich Anteil daran nehmen.

*

Auch Studienrat Poppendorf gab nichts auf das, was die Leute um ihn herum erzählten. Er war in der Kleinstadt aufgewachsen. Das Studium und der Krieg aber hatten seinen Blick geweitet und ihn gelehrt, auch über die Spitze des heimatlichen Kirchturms hinwegzuschauen, der allerdings nicht hier in der flachen Landschaft Norddeutschlands gestanden hatte. Aber immerhin waren diese Gerüchte für ihn eine Bestätigung gewesen, was er damals bei der Kirchenvertretersitzung hatte zum Ausdruck bringen wollen.

Während er an seiner Hobelbank stand, hatte er Zeit genug über alles nachzudenken. Er war ja nicht Tischler von Beruf. Für ihn bedeutete seine jetzige Beschäftigung nichts weiter als eine Überwindung der Zeit, bis er wieder vor einer Schulklasse stehen würde. Seine angeborene Handfertigkeit, früher als Ausgleich für seine Schulmeistertätigkeit gern geübt, war nun sein Broterwerb. Und mit gleicher Freude hobelte er jetzt die Bretter, wie er früher die Jungen gerade gehobelt hatte. Lehrer und Tischler - es sind ja eigentlich verwandte Berufe. Beide müssen aus rohem, unfertigen Material etwas Neues, Formschönes, Fertiges schaffen. Jetzt beschäftigten sich seine Gedanken auch mit dem Kirchturm der Stadt. Nicht, daß er etwa die sinnlosen Gerüchte glaubte, die ihn erreichten, aber er mußte doch zugeben, daß darin ein Körnchen Wahrheit enthalten war. Die Gefährlichkeit des Bauvorhabens wurde für ihn noch dadurch unterstrichen, daß wirklich kein Fachmann an dem Werke arbeitete. Er wollte dem guten Baumeister Clasen damit durchaus nicht die Ehrlichkeit der Gesinnung abstreiten oder ihn gar verdächtigen, sein Handwerk nicht zu verstehen - o, nein, im Gegenteil. Aber er hielt es doch für nötig, daß die Grundlage einer solchen Arbeit eine mathematisch genaue Berechnung der statischen Gegebenheiten sein müßte.

Er behielt seine Ansicht aber still für sich, um die erregten Gemüter nicht noch mehr zu beunruhigen. Als Mitglied der Kirchenvertretung hatte er aber das Recht, ja sogar die Pflicht, den Umbau mitzuüberwachen. Er konnte also jederzeit ungehindert in den Kirchturm steigen und sich von dem Fortgang der Arbeiten überzeugen. Als er bei einer solchen Gelegenheit einmal Baumeister Clasen traf, unterhielt er sich lange mit ihm. Von Statik und all' solchem neumod'schen Zeug wollte der jedoch nichts wissen. Er hätte schon so manchen Kirchturm im Lande repariert und er würde auch diese Aufgabe gut zu Ende bringen. Das war seine feste Überzeugung.

Poppendorf konnte jedoch nur teilweise diese Ansicht teilen, wenn er auch ehrlicherweise sich selbst eingestand, daß seine Befürchtungen in manchen Dingen übertrieben gewesen wären. Er wußte aber natürlich noch nicht, daß Clasen auch den Kaiserbalken, den Träger des ganzen Kirchturmgebälks, auswechseln wollte. So beschloß Poppendorf erst einmal, sich nur soweit um den Kirchturm zu kümmern, wie es die Erfüllung seiner Pflicht erforderte. Jetzt begann der Frühling. Da gab es für ihn und seinen Jungenkreis draußen in der Landschaft übergenug zu sehen und zu bestaunen. Die 20 Jungen, die er am Sonnabend nachmittag immer um sich versammelte zu frischem Spiel und ernsten Gesprächen, würden jetzt beim Wandern durch Marsch, Geest und Heide mehr als in den vergangenen kalten Wintertagen vom tieferen Sinn des Lebens erfahren können.

*

An einem Sonntagmorgen, als die Frühlingssonne schon strahlend und wärmend vom blitzblauen Himmel herniederschien, wanderte Studienrat Poppendorf mit seiner Jungenschar an der Heederau, dem Waldstedter Flüßchen, entlang. Das frische Grün der Wiesen und die ersten zarten Blätter der Birken begrüßten sie. Es ging nicht immer ruhig zu in dieser Schar. Poppendorf, ein Junge unter Jungen, machte gern Spaß mit.

Das Heedergehölz bot herrliche Möglichkeiten zum Indianerspielen. Es war natürlich klar, daß Winnetou mit seinem Freunde Old Shatterhand alle Kämpfe siegreich bestanden und zum Schluß das Bleichgesicht, dargestellt durch Poppendorf, vom Marterpfahl erlösten. Karl May blieb auch bei der Waldstedter Jugend unvergessen.

Der Heederau folgend, waren sie schließlich in die Nähe der Kreisstadt gekommen. Von hier aus wollte die Schar auf der Chaussee zurückwandern.

In einer langen Mittagspause ruhte man zum Verzehren der mit mütterlicher Sorge zurechtgemachten Brote. Oft nur waren es trockene Schnitten, und ihre Besitzer blickten ohne Neid auf die Kameraden, die friedensmäßige Wurstbrote auspackten und mit denen teilten, die gar nichts mitgebracht hatten.

Es gab keine Mißgunst und kein Verstecken voreinander. Die, denen zu Hause kein wohlgedeckter Tisch bereit stand, nahmen diesen Zustand als etwas natürliches hin. Sie waren es nicht anders gewohnt. Eher waren die anderen etwas beschämt über ihren Reichtum, der nicht nach früheren Maßstäben gemessen werden konnte. Wer von ihnen kannte schon eine Apfelsine oder Banane? Wer wußte etwas von einer Kokosnuß, von Feigen und Datteln? Mit Bewußtsein hatten sie nie derartiges gegessen. Und was man nicht kennt, entbehrt man nicht.

Der Rückmarsch war den Bambusen, wie Poppendorf seinen Haufen gern nannte, recht. Die Kleinbahn, die ihre Heimatstadt mit der Kreisstadt verband, fuhr am Sonntag nicht. Überhaupt, diese Kleinbahn. Die Jungen nannten sie „Kuddel". Was der Name bedeutete, wußten sie nicht. Die Bahn hieß hier so. Anderwärts nannte man diese fauchenden, kriechenden Ungetüme aus Urväter Tagen „Feurigen Elias" oder sonst irgendwie. Kleinbahnen gab es überall, und jede von ihnen hatte ihre besonderen Eigenarten. Warum nicht auch „Kuddel"? Auch diese Bahn war eine ständige Zielscheibe aller möglichen Dummenjungenstreiche. Die vorsintflutlichen Lokomotiven waren nach heutigen Begriffen von einem Ingenieur wahrscheinlich im Wahn erschaffen. Sie machten einen Krach, der in stärkstem Gegensatz zu ihren Leistungen stand - wie bei den meisten Menschen!

Die modernen kleinen Triebwagen, die hin und wieder eingesetzt wurden, waren erst kurz vor Kriegsausbruch beschafft worden. Sie hatten nicht die Angewohnheit, aus den Schienen zu springen, wie die Lokomotiven, dafür waren sie im Winter nicht brauchbar. Die Kälte nahmen sie leicht übel, ihre Motoren sprangen nicht an. Die Fahrgäste waren dann gezwungen, ihr Fahrzeug zu schieben, bis die Motoren sich warm gelaufen hatten. Mit Geschimpfe und Gelächter - je nach dem Temperament der Waldstedter Bürger - ging dies vor sich, und selten mußte eine Reichsbahnlokomotive mit ihren stärkeren Kräften helfend einspringen. In dieser Zeit, in der soviel geschoben wurde, sollte man da nicht auch die Kleinbahn verschieben?! Den Jungen machte so etwas jedenfalls einen Heidenspaß. Außerdem, wenn man es geschickt anfing - und welcher Junge verstand sich nicht darauf - konnte man herrlich ohne Fahrkarte fahren.

Heute wollte und mußte man jedoch zu Fuß nach Hause gehen. Alte Wanderlieder, die Poppendorf noch aus der Zeit kannte, da er als Wandervogel die Landstraßen entlanggetippelt war, hatte er die Jungen im Winter gelehrt. Jetzt wurden sie mehr laut als schön in den Frühling hinausgesungen.

Sie hatten mehr als die Hälfte des Weges zurückgelegt, als vor ihnen ein Mann auftauchte, der müde ebenfalls auf Waldstedt schritt. Bald hatten sie ihn eingeholt. Der Mann war stehengeblieben, als er hinter sich singen hörte. Er trug einen zerschlissenen, abgeschabten Mantel. Die ehemals grüne Farbe war grau und verwaschen. Ein langer Riß an der rechten Manteltasche war nur notdürftig zusammengenäht. An einem Riemen hing ein Bündel, von Bindfäden zusammengehalten. Eine alte Feldmütze hielt er zusammengedrückt in der Hand. Das magere, blasse Gesicht kennzeichnete den Rußlandheimkehrer. Studienrat Poppendorf rief ihn an. Leicht erschrocken blickte der Mann auf.

„Wohin des Wegs, Kamerad?", fragte Poppendorf.

„Nach Waldstedt", wurde ihm zur Antwort, „nach Hause."

„Komm, Kamerad", antwortete der Studienrat, „Wir bringen Dich heim. War auch im Osten, es ist ein langer Weg zurück. Marschieren wir das letzte Stück zusammen."

Der Mann nickte. „Ich war selbst einmal Wandervogel. Aber es ist schon lange her. Euer Lied erst hat mich wieder daran erinnert."

„Komm, wir singen Dir ein neues."

Die Jungen nahmen den Heimkehrer in die Mitte. „Wohlauf die Luft geht frisch und rein, wer lange sitzt, muß rosten" klang es aus frischen Kehlen. Da hatte der Mann seine Müdigkeit verloren und schritt tapfer mit der jungen Schar.

Er sprach nicht viel, hin und wieder summte er die Melodien mit. So kamen sie in Waldstedt an. Bei der Kirche löste sich die Schar auf. Poppendorf bot dem Fremdling an, ihn mit den Jungen heimzubringen. Er wehrte ab, er wolle lieber allein nach Hause gehen. Aber vielleicht würde er bald einmal die Gelegenheit haben, mit den Jungen zusammen zu sein. Sie könnten ihm vielleicht manches erzählen von dem, was jetzt in Deutschland geschehe. Sie könnten es vielleicht am besten. Poppendorf lud ihn herzlich ein. Im Gemeindehaus trafen sie sich jeden Sonnabendnachmittag.

Als der Mann nun allein die Straße hinunterging, kam die alte Müdigkeit über ihn. Bald würde er zu Hause sein. Noch die Straße entlang. Was würde man Zuhause sagen? Jahre war er fortgewesen. Würden sie ihn noch erkennen?

Rechneten sie überhaupt noch mit seinem Kommen? Die Briefe, die er aus dem Ural geschrieben hatte, waren nicht beantwortet worden.

Claus Petersen, der Sohn des Glasermeisters Petersen, stand am Ende seiner langen Reise. Aber noch hatte er nicht das Gefühl, daheim zu sein. Erst der Gesang der Jungen hatte ihm das Gefühl für „Daheim" etwas wecken können.

Nun stand er vor dem kleinen Haus. Über der Tür war noch mit gotischen Buchstaben zu lesen, daß sich hier eine Glaserei befände. Claus Petersen schritt durch den Flur und wollte die Tür zum Wohnzimmer öffnen. Sie war verschlossen, wie früher. Da ging er zur Küchentür und stand in der Küche, dem größten Raum des Hauses. Am Tisch saß sein Vater, seine Mutter stand am Herd und hatte ihm noch den Rücken zugekehrt. Sie drehte sich um, als die Tür ins Schloß fiel. Einen Augenblick nur sah die Mutter ihn an, dann ging sie auf ihn zu und nahm ihm den Mantel ab, den er über dem Arm trug.

„Setz Dich, Junge, Du wirst Hunger haben. Wir haben lange auf Dich gewartet."

Es war nicht üblich in Waldstedt, seine Gefühle zu zeigen, und doch konnte Frau Petersen nicht ganz das Zittern in ihrer Stimme verbergen.

Da war der Bürgermeister aufgestanden und sagte:

„Ja, lange." Einen Augenblick war es still im Raum, bis der alte Petersen hinter dem Tisch hervorgetreten war und mit einer Handbewegung fortfuhr: „Setz Dich auf meinen Platz, Junge, und iß. Es ist gut, daß Du wieder da bist."

Claus Petersen nahm seine Mütze ab, legte sein Bündel auf den Stuhl in der Ecke und setzte sich. Das war die erste große Überraschung für ihn, daß sein Vater seinen Platz am

Tische an ihn abtrat. Das Gesetz der Gleichmäßigkeit, das in diesem Hause sonst unumstößlich galt und vor dem Claus Angst gehabt hatte, wurde zum erstenmal durchbrochen. Es zeigte ihm mehr als alle Worte die Gefühle seines Vaters. Die Mutter aber stand schon wieder am Herd und bereitete ihm ein Abendbrot, wie er es schon lange nicht mehr gesehen, viel weniger gegessen hatte.

*

Fast eine Woche war schon vergangen, seit Claus Petersen wieder in Waldstedt war. Außer den wenigen Gängen zu den Behörden war er noch nicht in der Stadt gewesen. Trotzdem war er das Stadtgespräch von Waldstedt. Selbst die Kirchturmreparatur verlor vorübergehend an Bedeutung.

Es war sehr schnell bekannt geworden, daß der einzige Sohn des Bürgermeisters nun doch noch zurückgekehrt war und in manchen Häusern, in denen noch Söhne vermißt wurden, wuchs neue Hoffnung.

Eine der ersten, die von der Ankunft des Totgeglaubten hörte, war die Krankenschwester Liesel Wagner. Sie erfuhr es sozusagen von berufswegen. Neben einigen neugierigen Nachbarsfrauen, die den wortkargen Claus Petersen vergeblich zum Reden veranlassen sollten, war sie auch die erste, die im Bürgermeisterhause Besuch machte. Claus war zurückhaltend wie immer. Sie saßen vorn im Wohnzimmer und Frau Petersen war von dem Besuch nicht sonderlich begeistert. Ihr Sohn brauchte keine Betreuung. Er hatte alles. Und wenn wirklich noch etwas fehlen sollte, dann würde sie es heranschaffen. Dafür war sie da. Aber Schwester Liesel ließ sich nicht abweisen. Sie wußte viel zu gut, daß es nicht allein darauf ankam, etwas Fehlendes zu besorgen, sondern daß es mindestens ebenso wichtig war, den heimgekehrten Soldaten auch menschlich auf dem Wege in den Alltag hinein zu helfen. Und das schien ihr auch in diesem Falle nötiger. Niemand hatte ihr diese Aufgabe übertragen. Sie stand nicht in ihrer Dienstanweisung. Das Recht, so zu denken und zu handeln, nahm sie sich allein aus ihrer persönlichen, menschlichen Empfindung und aus ihrem eigenen Erleben.

Das Gespräch, das nur langsam und stockend in Gang kam, wurde lebhafter, als Frau Petersen von der Nachbarin herausgerufen wurde, und die beiden allein im Zimmer saßen. Claus Petersen bot der Schwester mehr aus Verlegenheit eine Zigarette an. Schweigend rauchten sie ein Weilchen, dann begann Schwester Liesel zu erzählen, von sich, ihrem Leben, von dem, was sie im Kriege mitgemacht hatte. Da taute auch Claus Petersen auf. Sie bemerkten nicht, wie die Zeit verging und vergaßen beide den Zweck des Besuches.

Frau Petersen aber zeigte, als sie wieder die Stube betrat, deutlich ihren Unwillen über diesen langen Besuch. Als Schwester Liesel dann schließlich gegangen war, machte sie ihrem Sohn heftige Vorwürfe, die er erst gar nicht verstehen konnte. Erst als seine Mutter ihm sagte, daß es sich doch für einen alteingesessenen Waldstedter nicht gehöre, so lange mit einem Flüchtling zu sprechen, begriff er, was sie meinte. Da war die Reihe an ihm, erstaunt zu sein. Das konnte er nun wirklich nicht begreifen. Draußen im Felde und später im Gefangenenlager hatte man doch nie danach gefragt, wo jemand her sei. Da galt doch nur der Mensch. Und er hatte das Empfinden, daß diese Schwester Liesel sogar ein ganz prachtvoller Mensch sei.

*

Die ganze Woche über herrschte schon selten schönes Wetter. Seit Tagen wehte kaum ein Wind und Baumeister Clasen hörte mit großer Beruhigung den Bericht im Radio, der weiterhin Sonnenschein prophezeite. Er entschloß sich deshalb schnell, die erste Phase seines Turmhauses zu beenden. Er war überzeugt, daß das Werk gelingen würde. Aber abgesehen vom Wetter war die Zeit auch sonst günstig. Die Gerüchte und Debatten um den Kirchturm waren etwas abgeflaut. Es kam nur darauf an, die Absicht nicht vorzeitig bekannt werden zu lassen. Am nächsten Morgen überprüfte er noch einmal eingehend den Stand der Bauarbeiten, maß mit Zirkel und Lineal die Balken. Seine Rechnung stimmte, er kam diesmal zu dem Resultat, daß es nötig sei, fünf Zentimeter von den drei Balken abzusägen. Dann mußte der Turm sich richtig senken und wieder gerade stehen. Nur seine alten Arbeiter, die auch diesmal das Werk ausführen sollten, unterrichtete er. Die übrigen aber, mit Ausnahme von Tomescheit Vater und Sohn, sollten derweil auf dem Bauhof Balken und Bretter zuschneiden, die später gebraucht werden sollten.

Der Sonnabend vor Pfingsten begann als ein strahlend schöner Tag. Die beiden Tomescheits waren die ersten Arbeiter an der Baustelle. Bald nach ihnen erschien Baumeister Clasen, um persönlich das Absägen der Balken zu überwachen. Er hatte die beiden Tomescheits bestimmt, mitzuhelfen, weil er gesehen hatte, daß er sich ganz und gar auf sie verlassen konnte. Was ihnen vielleicht noch an handwerklicher Fertigkeit abging, ersetzten sie allemal durch Fleiß und Zuverlässigkeit. Die Polizei war benachrichtigt worden. Um 9 Uhr sollte sie für alle Fälle die Zugangsstraßen zum Kirchplatz sperren. Es könnte doch vielleicht hier und dort eine Dachschindel herunterfallen. Mehr jedenfalls erwartete Clasen nicht.

Trotz aller Geheimhaltung hatte sich sein Vorhaben bereits viel zu sehr in der Stadt herumgesprochen, und als er gegen 9 Uhr aus dem Kirchenschiff in den Turm hinaufstieg und durch die Balken auf den Kirchplatz blickte, sah er eine große Menschenmenge in weitem Rund den Platz säumen. Gleichgültig zuckte er mit den Schultern. Sein holsteinischer Gleichmut konnte nicht erschüttert werden. Dazu war sein Vertrauen in sein eigenes Können viel zu groß.

Sechs Arbeiter, unter ihnen die beiden Tomescheits, sollten die Balken absägen. Es kam darauf an, daß die abgesägten Stücke zur gleichen Zeit weggestoßen wurden, damit nur eine Bewegung in den Turm hineinkam. Kurz nach 9 Uhr begannen sie mit dem Absägen der Balken. Es war eine mühevolle Arbeit. Die alten Eichenstämme wehrten sich verzweifelt gegen die stählernen Zähne der Sägen. Sie zitterten und bebten. Immer wieder wurde die Arbeit unterbrochen, weil die Arme der Männer ermüdeten.

Es war fast eine Stunde vergangen. Getreulich harrte die Menge, die sich ständig vergrößert hatte, der kommenden Dinge. Die Erregung wuchs. Würde das Werk gelingen? Würde der Turm bei diesem gewaltigen Eingriff nicht doch umfallen? Bäckermeister Oldorf stand mit Kaufmann Thomsen und Postmeister Kuber vor seiner Ladentür. Der kleine Postmeister war ganz aufgeregt. Im Laden des Bäckermeisters war jetzt nichts zu tun. Es kam niemand, Brot zu kaufen. Das konnte man später erledigen. jetzt galt es zu sehen, was mit dem Turm geschehen würde.

Da, plötzlich ging eine Unruhe durch die Menge, die sich schnell steigerte. Einzelne ängstliche Rufe wurden laut. Die drei Männer vor der Ladentür konnten noch nicht erkennen, was los war. Da sahen sie, wie einige Arbeiter aus der Kirchentür traten und einen Menschen zwischen sich trugen. Was war geschehen? Die Menge wurde unruhiger. War er tot, den sie heraustrugen? Wer war es? Zornige Rufe wurden laut.

Die Arbeiter bahnten sich mit ihrer Last einen Weg zum Pfarrhaus. Es war der junge Tomescheit, den die Männer trugen. Aber er war nicht tot, er schien nur verletzt zu sein. Das erkannten jedoch nur die, die unmittelbar am Pfarrhaus standen. Die Männer waren noch nicht im Hause verschwunden, als in der Menge nur noch von einem Toten gesprochen wurde. Und mit Windeseile war das Gerücht auch bereits in die umliegenden Straßen gedrungen. So hörte es auch Schwester Liesel. Sofort wandte sie sich dem Pfarrhause zu. Nur widerwillig machte ihr die Menge den Weg frei. Erst als Claus Petersen ihr half, der aus beruflicher Neugier sich das Turmexperiment ansehen wollte, erreichte sie das Pfarrhaus.

Claus Petersen war mit ihr zusammen in das Zimmer getreten, wo der Verletzte auf seinem Bett lag. Frau Tomescheit stand nervös und händeringend neben ihrem Sohn und wußte vor Aufregung nicht, was sie tun sollte. Sie atmete glücklich auf, als sie die Krankenschwester sah und teilte ihr mit, daß man bereits nach einem Arzt telefoniert hätte. Der junge Tomescheit hatte heftige Schmerzen, aber er konnte doch berichten, daß sich ein Balken, der als vorläufige Versteifung angebracht worden war, plötzlich im Turm gelöst hätte. Er wäre heruntergefallen und hätte ihm den Unterschenkel und den Fuß gequetscht.

Als der Arzt schließlich kam, hatte Schwester Liesel mit Hilfe des jungen Architekten bereits Bein und Fuß des Verletzten freigemacht. Der Arzt brauchte nur noch den Verband zu machen und die aufgeregte Frau Tomescheit zu beruhigen. Es war nicht so schlimm. Einige Wochen Ruhe und es wäre alles wieder gut. Schwester Liesel versprach, nach dem Kranken zu sehn. Sie verabschiedete sich auch von ihrem Helfer, der heute schon ganz anders aussah als neulich. Der Zivilanzug war ihm zwar noch etwas weit und das eingefallene Gesicht trug noch die Spuren überstandener Entbehrungen. Sie fragte Claus Petersen, ob er sich nun schon wieder in der Heimat etwas zurechtfände. Der konnte nur mit dem Kopf nicken und hatte ganz vergessen, die schmale Hand der Schwester loszulassen. Dann blickte sie ihn groß aus ihren tiefen, dunklen Augen an, drückte noch einmal seine Hand und ging.

Claus Petersen blieb noch eine Weile bei dem Verletzten und unterhielt sich mit ihm. Sie stellten fest, daß sie damals bei Welikiy Luki bei der gleichen Division gestanden hatten und beide fast zur gleichen Zeit den Manytsch, die Grenze zwischen Europa und Asien, überschritten hatten. Das Band gemeinsamen Erlebens knüpfte neu eine alte Kameradschaft.

Die Arbeiten am Turm hatten nur eine kurze Unterbrechung erfahren. Als Baumeister Clasen erfuhr, daß Tomescheits Verletzungen nicht weiter gefährlich waren und nachdem auch der Vater sich schnell wieder beruhigt hatte, setzten sie das Absägen der Balken fort. Clasen versicherte dem Vater, daß er während der Krankheit den vollen Lohn, der nicht durch das Krankengeld gedeckt war, weiterzahlen wollte. Der Baumeister trat selbst an die Stelle des Verletzten und nach einer Viertelstunde waren alle Balken durchgesägt.

Noch ruhte der Turm auf den Klötzen. Man hatte Taue darum gebunden, die wieder zum Seil einer Winde führten. Baumeister Clasen ließ den Turm räumen und begab sich ebenfalls nach unten. Von hier, wo auch die Winde stand, sollte nun der letzte Akt eingeleitet werden. Vier Mann drehten langsam und gleichmäßig an den beiden Kurbeln, das Seil straffte sich und Clasen blickte aufmerksam auf den Turm. Gleich mußte ein Ruck durch das Gebälk gehen und der Turm sich auf einer Seite senken. Auch die erwartungsvoll ausharrende Menge bemerkte, daß der entscheidende Augenblick nahte. Man hätte einen Sperling husten hören können, so still war es auf dem Kirchplatz geworden. Sogar Hauptpastor Naßler, der in der Tür seines Hauses stand, hielt den Atem an.

Da - ein Zittern ging durch die Turmspitze und setzte sich durch das ganze Gebälk fort. Ein lautes Krachen war zu hören, der Turm neigte sich und - stand.

Baumeister Clasen wischte sich den Schweiß von der Stirn. Ihm war doch heiß geworden. Aber nun war das Werk gelungen. Böse Zungen würden jetzt schweigen müssen. Er hatte bewiesen, daß sein erprobtes handwerkliches Können, seine jahrzehntelange Erfahrung sich doch über alle miesmacherischen Gerüchte erhob.

Der Turm stand gerade. Einige wenige Dachschindeln waren mit lautem Getöse heruntergestürzt. Aber sonst konnte jeder sehen, daß der Turm fest auf seinen neuen Stützen ruhte. Und während Baumeister Clasen wieder in den Turm stieg, zerstreute sich die Menge. Auch die Polizei fand, daß es nichts mehr für sie zu tun gab und rückte ab.

*

Pfingsten, das nach Goethe „liebliche Fest", war gekommen. Die Sonne schien frühlingswarm auf die Straßen. Die Birken grünten und die Buchen hatten schon große, hellgrüne und weiche Blätter. Am Sonnabendabend, demselben Tage, an dem der Waldstedter Kirchturm dank Baumeister Clasens Können seine Ähnlichkeit mit dem schiefen Turm zu Pisa und ähnlichen antiken Vorbildern abgelegt hatte, tobte ein heftiges Gewitter über der Stadt. Die Wassermassen vollendeten das Werk der Hausfrauen, die bereits am Nachmittag mit ebenso viel Eifer wie Wasser die Straßen und Bürgersteige gescheuert hatten.

Dieser Reinlichkeitsdrang war nicht etwa nur pfingstlich bedingt, sondern gehörte zu dem festumrissenen sonnabendlichen Aufgabenkreis der Waldstedter Hausfrauen. Keine Polizeiverordnung, kein Beschluß weiser Stadtväter hatte diese unumstößliche Tradition geschaffen. Sonnabends wurde eben die Straße gefegt und gescheuert. Erst recht natürlich zu Pfingsten. Die letzten Strahlen der Abendsonne reichten noch aus, um die noch nassen Straßen wieder zu trocknen und ihnen den sonntäglichen Glanz zu geben.

Am Pfingstsonntag war es aber auch Waldstedter Tradition, bei gutem Wetter am Nachmittag zur Heeder Mühle zu gehen und dort bei Kaffee und Kuchen in biedermeierlichem Frieden zu sitzen, sich bewundern zu lassen und den lieben Nachbar durch den Familienklatsch zu hecheln.

Frau Bürgermeister Petersen wollte diese Gelegenheit benutzen, um den heimgekehrten Sohn der Öffentlichkeit zu zeigen. Claus Petersen war davon zwar nicht sonderlich begeistert, aber er fühlte nicht die Kraft, sich den Worten seiner Mutter zu widersetzen. Für den Bürgermeister war die Notwendigkeit dieses Pfingstspazierganges kommentarlos gegeben.

*

Also machte Familie Petersen sich früh am Nachmittag auf. Der Weg führte sie durch das Fuchsloch, einem Waldstück, in dem vor Zeiten jene Füchse gehaust haben mögen, die sich gelegentlich heute noch in Waldstedt Gute Nacht sagen.

Als Familie Petersen das Wäldchen verlassen hatte, kam sie in die Wiesen, durch die die Heederau sich als schmales Silberband schlängelte. Hinter ihnen lag Waldstedt und voll Stolz zeigte der Bürgermeister seinem Sohn den geradegerichteten Kirchturm, nicht ohne hinzuzufügen, daß er durch seine Haltung im Stadtparlament diesen Umbau ermöglicht hätte. Er benutzte die Gelegenheit auch dazu, festzustellen, daß natürlich Claus diesen Umbauauftrag bekommen hätte, wenn er schon zu Hause gewesen wäre.

Und wie wäre es denn überhaupt wieder mit der Arbeit, wollte er von seinem Sohne wissen.

Erschrocken schaute Claus seinen Vater an. Das war eine Frage, auf die er innerlich noch nicht vorbereitet war. Sie ließ ihn aber plötzlich erkennen, wo der Angelpunkt seines augenblicklichen Lebens lag, den er zwar empfand, aber bisher nicht deutlich hatte spüren können. Arbeiten - darüber hatte er bisher noch nicht nachgedacht. Er fühlte zwar die Unzufriedenheit und das Unausgeglichene in seinem Dasein, war aber nicht zur Ursache durchgedrungen. War es die fehlende Arbeit? Er wollte die Frage sich selbst noch nicht beantworten. Seine Mutter enthob ihn für den Augenblick der Notwendigkeit, weiter darüber nachzudenken. Sie stellte mit Nachdruck fest, daß die Frage „Arbeiten oder nicht arbeiten" zur Zeit nur dahin entschieden werden könnte, daß Claus sich erst noch lange zu erholen hätte.

Sie gingen weiter. Claus drehte sich nach einer Weile noch einmal um. Er sah immer noch den Kirchturm, aber er dachte auch jetzt nicht an das Bauvorhaben - er wußte von seinem Vater, daß auch der Kaiserbalken noch erneuert werden müßte - er dachte vielmehr an die kleine, schwarze Schwester, deren Hand er gestern so ungebührlich lange gehalten hatte.

Vor ihnen tauchte die Heeder Mühle auf. Der Bach lief jetzt parallel dem Wege auf die Mühle zu. Nach 5 Minuten hatten sie den Kaffeegarten erreicht, wo frischbelaubte Bäume ersten Schatten gaben. Die Plätze im Garten waren schon fast zur Hälfte besetzt. Die bürgermeisterliche Familie fand aber noch einen freien Tisch unweit der Kapelle, die just ihre Instrumente stimmte, um mit der Kaffeemusik zu beginnen.

Früher gab es hier stets einen sehr guten Bohnenkaffee. Sogar die kritische Frau Bürgermeisterin fand nie etwas daran auszusetzen. Auch der Kuchen, vor allem die Spezialität der Wirtschaft, Waffeln mit Schlagsahne, war vor Zeiten vorzüglich gewesen. Nach Ansicht der Waldstedter Hausfrauen war der Kaffee heute allerdings nur noch für den sächsischen Teil der Bevölkerung mit Freuden genießbar. Auch der Kuchen - nur gegen Abgabe von Brot-, Fett- und Zuckermarken erhältlich, über die man Gott sei Dank ausreichend verfügte - ließ viele Wünsche offen.

Der Bürgermeister bestellte eine Kanne von dem neudeutschen Kaffee-Erinnerungswasser. Seine Frau öffnete das mitgebrachte Kuchenpaket und schielte nach den lieben Freunden und getreuen Nachbarn in der Erwartung, daß sie ihren heimgekehrten Sohn mit entsprechender Neugier betrachten würden.

Schon grüßte auch Kaufmann Thomsen herüber. Frau Petersen sah, wie er anschließend mit seiner Frau tuschelte. Sicher machte er sie auf Claus aufmerksam. Verstohlen blickte auch die jüngste Tochter des Bäckermeister Oldorf herüber. Frau Petersen stellte das mit besonderer Genugtuung fest.

Eilfertig kam Postmeister a. D. Kuber an den Bürgermeistertisch und begann ein hastiges Gespräch; Claus war froh, daß Kuber die Unterhaltung allein bestritt und ihm eingehend erzählte, was er alles in Rußland erlebt haben sollte. Als Kuber schließlich bemerkte, daß der Heimgekehrte nicht sehr viel Anteil an diesem Thema nahm, kam er auf den Kirchturmbau zu sprechen, wohl meinend, daß er damit bei dem jungen Architekten auf größeres Interesse stoßen würde. Aber erst als er begann, das segensreiche Wirken der Schwester Liesel zu loben, fand er in Claus einen aufmerksamen Zuhörer.

Die Bürgermeisterin bemerkte das mit sichtlichem Unbehagen. Als Kuber sich bald darauf verabschiedete, begann sie sofort ein Gespräch über die Vorzüge von Inge Oldorf, der jüngsten Tochter des begüterten Bäckermeisters aus altem Waldstedter Bürgeradel. Sie vergaß dabei auch nicht einzuflechten, daß ihr das Tun der Schwester Liesel gar nicht gefiel. So in allen Häusern herumzulaufen, vielleicht noch gar bei armen Familien schmutzige Windeln auszuwaschen, wie man erzählt! Nein, das ist kein anständiges Leben für ein junges Mädchen. Dagegen Inge! Nicht einmal im Laden brauche sie zu helfen. Vorigen Sommer war sie mehrere Wochen auf Sylt. Ja, Oldorfs konnten es sich erlauben. Die hatten Geld genug, um auch die tollen Preise in Westerland bezahlen zu können. Claus versuchte, dieses wenig angenehme Gespräch zu beenden. Inge Oldorf war ihm von früher her nicht in bester Erinnerung. War sie nicht immer reichlich arrogant und eingebildet gewesen?

Es gelang ihm schließlich, den Redefluß seiner Mutter zu unterbrechen. Er entdeckte Studienrat Poppendorf und eilte zu ihm.

Die herzliche Begrüßung Poppendorfs verstärkte die Sympathie, die Claus für diesen offenherzigen Menschen schon besaß. Poppendorf erzählte ihm begeistert von seiner Jungenschar und Claus versprach, gleich nach Pfingsten zu Besuch zu kommen und den Jungen etwas von dem zu erzählen, was er in Rußland erlebt hatte. Poppendorf kannte auch den jungen Tomescheit und ließ sich berichten, was nun wirklich an den vielen Gerüchten über den Unfall wahr sei.

Da sah Claus Petersen plötzlich Schwester Liesel zwischen den Tischen schlendern und verabschiedete sich schnell von Poppendorf. Liesel fuhr erschreckt zusammen, als Claus sie ansprach. Ihr Gesicht strahlte vor Freude, als sie über Tomescheit sprachen. Erst heute vormittag sei sie bei dem Verletzten gewesen und habe festgestellt, daß es ihm recht gut ginge.

Während des Gesprächs waren sie an den Rand des Gartens gekommen, und Claus schlug vor, einen kleinen Spaziergang zu machen. Er hätte genug von dem Familienklatsch, gestand er ihr lachend. Schwester Liesel war gern einverstanden.

Als sie sich ein Stück von dem Lärm entfernt hatten, stockte das Gespräch und schweigend gingen sie nebeneinander.

Nach einer Weile begann Claus zu erzählen. Er, der in all' den Jahren der Gefangenschaft so wortkarg geworden war und der auch jetzt noch nicht mehr sprach als das, was unumgänglich notwendig war, erzählte von seinem Leben und ließ es in bunten Bildern vor der Schwester entstehen. Von seinem Studium erzählte er, von den Jahren in Berlin und München, von den ersten Anfängen in seinem Beruf als Architekt, von der Zeit, wo er als Bauarbeiter tätig gewesen war beim Bau der Kasernen, in die er dann kurz vor dem Kriege als Soldat eingezogen war. Er berichtete vom Ausbruch des Krieges, von den Tagen, wo er als frischgebackener Unteroffizier den Polenfeldzug mitgemacht hatte. Ruhige Tage mit viel Wein und Fröhlichkeit am Westwall hatten sich angeschlossen. Als der Westfeldzug begann, war er schon Leutnant bei einer Pionierkompanie. Im Feldzug gegen Rußland wurde er vor den Toren Moskaus Oberleutnant und im Kaukasus führte er eine Kompanie über den Manytsch nach Asien hinein. Dann erzählte er vom Rückzug, von seiner Gefangennahme in Ostpreußen. Vom bitteren Ende, von den Bergwerken im Ural und schließlich von Krankheit, Entlassung und Heimkehr.

Er, der so lange geschwiegen hatte, mußte nun endlich einmal davon sprechen. Und er fühlte, wie ihm freier und leichter wurde.

Schwester Liesel hatte schon so manchen Bericht gehört und wußte, was es auf sich hatte, wenn diese Männer nach jahrelanger Abwesenheit von der Heimat sich endlich einmal aussprachen. Aber sie hatte das Gefühl, als ob es sich hier um mehr handelte als um ein reines Mitteilungsbedürfnis.

„Warum erzählen Sie mir das alles, Herr Petersen?"

„Ich weiß nicht", antwortete er. „Vielleicht hat es Sie sogar gelangweilt?"

„Das nicht, ich frage nur so."

Da schob er seinen Arm unter den ihrigen und drückte ihre kleine Hand. Sie wehrte sich nicht. Claus bemerkte, daß sie ohne Schwesternhaube noch viel schöner war. Ihr volles tiefschwarzes Haar fiel lang über Nacken und Schultern.

„Wenn das jetzt Ihre Mutter sähe", sagte sie, „sie wäre bestimmt nicht damit einverstanden, daß Sie mit mir so Arm in Arm gehen."

„Nein, das wäre sie nicht. Aber ich kümmere mich nicht darum, Schwester."

„Nennen Sie mich nicht ,Schwester'. Heute bin ich nicht im Dienst."

„Ja, wie soll ich Sie denn nennen, ich weiß ja nicht einmal, wie Sie heißen", erwiderte Claus.

„Wagner heiße ich."

„So, so. Also Fräulein Wagner. Das paßt nicht. Wissen Sie was, ich nenn' Sie außerdienstlich einfach Liesel. Und ..."

Sie waren stehengeblieben und Liesel Wagner sah ihn groß aus ihren dunklen Augen an und nickte.

Da nahm er sie ganz fest in die Arme und küßte sie, wie ein Mensch von 30 Jahren ein Mädel küßt, das er lieb hat.

Und daß er Liesel sehr, sehr lieb hatte, war ihm schon klar geworden, als er ihr seine lange Lebensgeschichte erzählt hatte.

Aber Liesel ... nein, sie wehrte sich nicht. Es war so schön in diesen starken Armen zu ruhen, die Augen zu schließen und nichts weiter zu sagen, als: „Ich bin Dir gut."

War nicht auch für sie alles anders geworden, seitdem sie damals zum erstenmal den heimgekehrten Kriegsgefangenen besucht hatte? Sie hatte sich oft diese Frage vorgelegt und jedesmal war es ihr stärker zum Bewußtsein gekommen, daß sie diesen Mann nicht mit den Augen der allen helfenden Gemeindeschwester betrachtete.

Aber war ihr Dienst nicht viel wichtiger, die Erfüllung einer Aufgabe, die sie aus eigenem Entschluß sich gestellt und übernommen hatte?

Sie war für alle da, nicht nur für einen. Deshalb wollte sie sich keine Klarheit schaffen. Sie hatte einfach Angst davor.

Freilich war jetzt alles ganz anders geworden. Claus selbst hatte ihr die Entscheidung abgenommen. Und sie war froh darüber, denn sie empfand, daß nur diese Entscheidung getroffen werden konnte.

Nein, Liesel wehrte sich nicht. Sie war so glücklich.

„Also der langen Rede kurzer Sinn", ließ Claus sich, als sie endlich weitergingen, plötzlich mit gehobener Stimme vernehmen, „willst Du mich heiraten?"

Liesel mußte lachen. „Soviel Worte hatte die Rede gar nicht. Nicht ein einziges Wort haben Sie - hast Du gesprochen."

„So?" fragte er. „Es ist aber alles gesagt worden. Und jetzt mußt Du meine Frage beantworten."

„Ja, das muß ich denn ja wohl." Ein Spitzbubenlächeln stand auf ihrem Gesicht.

„Siehst Du!", sagte er und nahm sie noch einmal kräftig in die Arme.

„Au", rief sie, „Kerlchen, Du drückst mich ja kaputt."

„Kerlchen!" Er lachte. „Das ist gut, dabei bin ich zwei Köpfe größer als Du."

„Na, na", beschwichtigte sie, „übertreibe nur nicht. Es sind bloß eineinhalb."

„Einverstanden", sagte er, „wozu Streit anfangen. Also bleiben wir beim ‚Kerlchen', Du Strolch. - Halt! ‚Strolch', das ist richtig."

„Mistvieh, Dummes."

„Was ist denn das für ein zoologisches Gebilde?"

„Ach nichts - wuchs früher bei den Soldaten."

Der Weg hatte die beiden in einem weiten Bogen wieder zur Mühle zurückgeführt. Als sie in die Nähe des Gartens kamen, entzog Liesel ihrem Claus den Arm.

„Warum?" fragte er.

„Laß nur, Waldstedt braucht es nicht schon heute zu wissen."

„Ach was, Waldstedt!"

„Ich glaube, es ist besser so. Ich kenne die Waldstedter, vor allem die Frauen."

Da ließ er sie lachend gewähren.

Es war schon spät am Nachmittag, als die beiden wieder den Garten betraten. Claus war von seiner Mutter schon vermißt worden. Jetzt sah sie, wie er mit Schwester Liesel durch die Tischreihen schritt. Die zornumwölkte Stirn seiner

Mutter konnte Claus aber nicht davon abhalten, sein Mädel mit sanftem Druck an den honorablen Tisch zu schieben. Die Bürgermeisterin mußte gute Miene zum bösen Spiel machen und begrüßte die Schwester mit süßsaurem Gesicht. Weniger gezwungen war die Begrüßung durch Petersen. Er mochte die kleine schwarze Schwester im Grunde ganz gern. Ihre Arbeit half ihm mehr, als er offen zugab. Manche Mißstimmung zwischen der Stadtvertretung und der Bevölkerung hatte sie ausgleichend beseitigen können.

Die Sonne war tiefer gesunken, und man begann, den Heimweg anzutreten. Gemeinsam mit Schwester Liesel ging die bürgermeisterliche Familie zurück nach Waldstedt. Gleich folgsamen Kindern schritten Claus und Liesel hinter dem Stadtoberhaupt und seiner Ehehälfte einher. Hin und wieder tauschten sie verständnisvolle Blicke, ließen aber sonst ihr gegenseitiges Einverständnis nicht merken.

Was Frau Petersen später beim Abendbrot befürchtend äußerte, trat prompt ein: am nächsten Tage sprach ganz Waldstedt davon, daß der Sohn des Bürgermeisters mit Schwester Liesel durch die Wiesen gegangen war. Mehr allerdings hatten neugierige Augen nicht erspähen können. Claus hatte bald danach eine erregte Auseinandersetzung mit seiner Mutter, die ihm dringend empfahl, ähnliche Spaziergänge künftig zu unterlassen. Auch der Bürgermeister pflichtete seiner Frau bei, nachdem sie ihn mit den Worten „Nun, Vater, sag' du auch ein Wort", dazu aufgefordert hatte. Claus Petersen erklärte jedoch, daß er alt genug wäre, um selber entscheiden zu können, was er tue.

*

Sturm- und Regentage kamen. Nur selten sah Claus sein Liesel. Das Wetter machte gemeinsame Spaziergänge nahezu unmöglich. Es bestand aber keine andere Gelegenheit, sich zu treffen. Das einzige Kaffee Waldstedts war schon mit Rücksicht auf den üppig wuchernden Stadtklatsch nicht der richtige Ort, um zwei verliebten Menschen vertrauliche Stunden des Alleinseins zu ermöglichen. Den Tag über hatte Liesel auch genug Arbeit. Schweren Herzens schickte Claus sich in das Unvermeidliche. Er nutzte jetzt die Zeit auf andere Weise und begann sich Gedanken darüber zu machen, wie er seine und damit auch Liesels Zukunft gestalten sollte. Seine anfängliche Lethargie wich mehr und mehr. Er fühlte eine neue Kraft in sich wachsen. Arbeiten, etwas Neues schaffen; darauf kam es an. Das Reißbrett, das so viele Jahre unbenutzt in der Ecke gestanden hatte, wurde herausgeholt. In dem Buch- und Papierwarengeschäft bekam er als alter Waldstedter und Sohn des Bürgermeisters auch noch Papier, Tusche, Bleistifte und was er sonst noch gebrauchte.

Seine gelegentlichen Besuche bei dem jungen Tomescheit ließen ihn das schwere Los der Flüchtlinge erkennen, ein Gespräch mit Liesel bestätigte seine Eindrücke. Könnte man nur genug Wohnungen bauen, dann wäre beiden, den Flüchtlingen und den Einheimischen zu helfen, und Claus meinte, daß dann auch viel von den Spannungen beseitigt sein würde. Aber wie sollte man diese Wohnungen heute schaffen, wo es kein Baumaterial gab? Trotzdem machte er sich eines Tages daran, kleine Häuschen zu entwerfen, eine Arbeit, die ihm viel Freude machte.

Eines Tages besuchte er auch Baumeister Clasen, um mit ihm zu besprechen, welche Möglichkeiten trotz allem noch heute zum Bauen beständen. Aber nur wenig Hoffnung konnte er hier finden. Ja, meinte Clasen, wenn man kompensieren könnte, dann ginge es auch heute noch. Und Clasen machte die erste Bekanntschaft mit einer Nachkriegserscheinung, dem Kompensieren und dem „Schwarzbauen". Der illegale Markt beherrschte alles. Claus wunderte sich nicht mehr darüber. Er hatte soviel gesehen und erlebt in diesen Wochen, in denen er wieder in der Heimat war, daß ihn kaum noch etwas zu erschüttern vermochte.

Um so mehr Freude empfand er, als er Studienrat Poppendorf und seine Jungen besuchte. Mit Indianergeheul wurde er begrüßt und willkommen geheißen. Dies fröhliche Zusammensein gab seinen Kräften neuen Auftrieb. Als er nach Hause ging, fühlte er sich riesig stolz in seiner neuen Würde als Ehrenhäuptling der Schwarzfußindianer. Als Gegengabe für die ihm zuteil gewordene Ehrung hatte er den Jungen für ihren nächsten Heimabend einen großen Kuchenberg versprochen. Das würde er schon mit seiner Mutter in Ordnung bringen. Er wüßte ja, wo der Sack mit dem guten weißen Mehl stand, den kürzlich der Onkel mit dem Fuhrwerk abends gebracht hatte.

Baumeister Clasen hatte den jungen Architekten eingeladen, sich doch einmal den Umbau des Kirchturmes anzusehen. Voller Stolz erklärte er ihm, wie er es gemacht hatte, um den Kirchturm wieder gerade zu richten. Willig ließ Claus sich alles zeigen und gab schließlich selbst manchen Ratschlag, den der Baumeister freudig aufnahm. Letzten Endes war es Clasen gerade um diese Ratschläge zu tun. Wenn ihm auch jetzt ein Teil seines Werkes gelungen war, so machte ihm das, was noch der Erledigung harrte, doch oft Kopfschmerzen. Er begriff, daß seinem Können gewiß Grenzen gesetzt waren und daß ihm die Hilfe eines „Studierten", von denen er sonst nicht viel hielt, nur nützen konnte. Claus Petersen half ihm um so lieber, je mehr er spürte, daß er dadurch immer stärker die Verbindung zu seinem alten Beruf fand.

Hatte der Wettergott wirklich einmal ein Einsehen, dann konnte man Claus und Liesel stets irgendwo in der Umgebung der Stadt finden. Es war nur gut, daß die Waldstedter auch in diesen Tagen zu Hause blieben. Ein Spaziergang durch nasse Wiesen und über aufgeweichte Wege war nicht nach ihrem Geschmack. Und wenn das junge Paar wirklich jemand traf, dann waren es ebenfalls zwei Menschen, die in gleicher Vertraulichkeit nur Sinn und Augen für sich selbst hatten. Die Sprache der Liebe ist bei allen Menschen gleich und verliebte Menschen schweigen, erst recht in einer kleinen Stadt.

Die Geheimnistuerei war Claus von Grund auf zuwider. Er hatte nichts zu verbergen. Warum sollten sie sich nicht offen zueinander bekennen? Liesel mußte ihm schließlich recht geben und so wurde beschlossen, sich offiziell zu verloben. Ja, der Beschluß war gefaßt, aber bis zu einer Durchführung war noch ein schwerer Weg.

Claus hatte die Widerstände unterschätzt, die sich sofort zeigten, als er eines Tages nach dem Abendbrot die Eltern mit seinem Plan überraschte. Sein Vater schüttelte bedenklich den Kopf; die Mutter aber erklärte rund heraus, daß eine Verlobung oder gar Hochzeit mit Schwester Liesel völlig undiskutierbar sei. Nicht, daß sie als seine Mutter etwas dagegen hätte, wenn er heiraten wolle, nein, durchaus nicht. Sie wäre im Gegenteil darüber sogar sehr erfreut. Schließlich wäre ihr eine Schwiegertochter im Hause sehr willkommen.

Langsam würde sie alt und es wäre ihr schon sehr recht gewesen, wenn jemand da wäre, der ihr helfen könnte.

Und Platz würde man im Hause dann auch noch schaffen können. Die Flüchtlinge, die das obere Dachzimmer bewohnten, müßten dann natürlich raus. In ihrem Eifer beim Entwickeln der Wohnungspläne vergaß sie ganz die Ursachen dieses Gespräches. Der Bürgermeister erklärte ihr jedoch, daß das mit den Flüchtlingen schon gar nicht ginge und überhaupt, er wäre auch gegen diese Heirat. Claus sollte sich lieber eine Frau suchen, deren Familie man kenne. Ausführlich berichtete er von seinen Erfahrungen mit Krankenschwestern im vorigen Kriege. Erst die erstaunten Blicke seiner Frau, der das, was er sagte, sehr neu war, hemmte seinen Redefluß. Er schloß deshalb jede weitere Debatte mit der Feststellung: „Das schlag' Dir man aus dem Kopf, mein Junge."

Der Junge hatte jedoch nicht die Absicht, diesem väterlichen Rat zu folgen. Er sah aber ein, daß es im Augenblick zwecklos war, weiter über diese Angelegenheit zu sprechen und zog es vor, schlafen zu gehen.

Hauptpastor Naßler saß am Bett des verletzten Tomescheit, dem es schon wieder recht gut ging.
Voller Freude erzählte er dem Pastor, daß Baumeister Clasen sein Wort gehalten hatte und ihm die ganzen
Wochen hindurch den Lohn weitergezahlt hätte. Hauptpastor
Naßler lobte dies Tun und war erfreut, daß Clasen sich auch
hier von einer so anständigen Seite gezeigt hatte. Ja, ja, die
alten Handwerksmeister hatten doch immer noch ein Herz in
der Brust und sahen nicht nur den eigenen Vorteil. Er war
mit sich zufrieden, als er daran dachte, daß er damals dafür
eingetreten war, daß Clasen die Instandsetzung der Kirche
ausführen sollte. Der junge Tomescheit berichtete ausführlich
über die geleistete Arbeit. Er erzählte auch, daß noch viel zu
tun sei, so vor allem die Auswechslung des Kaiserbalkens. Da
wäre noch manche böse Nuß zu knacken, meinte Tomescheit.
Nun, Pastor Naßler blieb optimistisch. Baumeister Clasen
würde auch das schaffen.

Da kam Tomescheit auf den heimgekehrten Bürgermeis-
tersohn zu sprechen. Das wäre doch ein Mann, mit dem der
Baumeister zusammenarbeiten müßte. Der könnte doch mal
ausrechnen, ob es überhaupt ginge, den Kaiserbalken auszuwechseln. Pastor Naßler nahm sich vor, diesen Rat an Clasen
weiterzugeben, obgleich Claus Petersen ihm immer noch
nicht den nach altem Herkommen notwendigen Besuch gemacht hatte. Als der erste Seelsorger Waldstedts und Hüter
mehrerer tausend Seelen diesen Gedanken laut werden ließ,
lachte Tomescheit:

„Herr Pastor, der wird schon kommen. Ich glaube sogar
bald. Er wird sein Aufgebot bestellen wollen."

Jetzt war es am Pastor, erstaunt zu sein:

„Das Aufgebot?" fragte er.

„Ja, das Aufgebot", bestätigte Tomescheit. „Wissen Sie denn nicht, daß er Schwester Liesel heiraten will? Eigentlich hatte ich mir ja Hoffnungen gemacht. Aber sie paßt vielleicht doch besser zu ihm. Der Claus Petersen nämlich, Herr Pastor, ist ein feiner Kerl."

„So, so, die Schwester Liesel, sieh da, sieh da." Der Mann im langen schwarzen Lutherrock nickte mit dem Kopf. „Das hab' ich noch gar nicht gewußt. Der hat es ja sehr eilig."

Der Pastor war wirklich nicht mehr über seine Schäfchen informiert. Das kam daher, daß er nicht mehr auf die Erzählungen seiner Ehefrau hörte. Die wußte es sicher.

Überhaupt mit dem Pastor war manches anders geworden, seit der Flüchtlingsgeschichte damals. Der Harting vom Wohnungsamt hatte allerhand angerichtet, als er die Thomescheits ins Pfarrhaus setzte. Der ungewohnte Widerstand, den der Hausherr seinem Eheweib entgegensetzte, war der Frau Pastor ein unmißverständliches Signal gewesen, die Zügel ihrer hausfraulichen Gewalt etwas lockerer zu lassen. Jetzt blieb manches ungesagt im Pfarrhaushalt. Und der Pfarrer war es sehr zufrieden. Er fand viel mehr Zeit für sein geistliches Amt und begann, das Leben nicht nur mit den Augen seiner Frau zu sehen. Da sah doch manches ganz anders aus.

„Ja", meinte er, das Gespräch wieder aufnehmend, „was sagt denn der Bürgermeister dazu? Und die Frau Bürgermeister?"

Der Verletzte konnte sozusagen aus erster Quelle darüber berichten, denn neulich erst hatte Claus Petersen ihm von dem mütterlichen Widerstand berichtet.

„Dacht' ich es mir doch", antwortete der Pfarrer. Er beschloß, in seiner nächsten Predigt seinen alten Waldstedtern nun einmal energisch klarzumachen, daß es an der Zeit wäre, die Flüchtlinge auch als Menschen zu betrachten. Und den Neuen wollte er zeigen, daß sie sich einordnen mußten. Da war so manches auch nicht so, wie es sein sollte.

Mutter Tomescheit erschien im Zimmer und brachte neuen Besuch mit: Claus Petersen.

„Sehen Sie, Herr Pastor", sagte Tomescheit, „da haben Sie ihn schon." Zu Claus gewandt, fuhr er fort: „Eben haben wir von Dir gesprochen. Der Herr Pastor ist unzufrieden, weil Du ihn noch nicht besucht hast."

Verlegen wehrte der Pastor ab. So schlimm wäre es ja nicht.

„Ich hab' ihm gesagt, daß Du wohl bald kommen würdest, um Dein Aufgebot zu bestellen."

Nun war Claus an der Reihe, verlegen zu sein. Aber es blieb ihm doch nichts anderes übrig, als Farbe zu bekennen und zuzugeben, daß Tomescheit recht hatte. Der Pfarrer beglückwünschte ihn zu seinem Entschluß. Die Schwester Liesel wäre schon etwas für ihn. Das wäre doch wirklich ein Kerl, der in die Welt paßt.

„Ich freue mich immer darüber, mit welcher Selbstverständlichkeit diese kleine energische Person an die Dinge herangeht."

Claus wurde rot, als ob er selber gelobt worden wäre und meinte:

„Noch ist es nicht so weit. Wir haben auch noch Zeit. Erst möchte ich doch wieder auf eigenen Füßen stehen. Das wird heute nicht so einfach sein. Es sind dann auch noch verschiedene Widerstände zu brechen."

Der Pastor wußte wohl, welche Widerstände Claus meinte, erwähnte sie aber nicht.

„Wenn Sie Hilfe brauchen, Herr Petersen, dann kommen Sie zu mir. Ich will Ihnen und der Schwester helfen, wo ich kann", versprach er.

Claus Petersen dankte und der Pastor verabschiedete sich, nicht ohne sich vorzunehmen, einmal ernstlich mit dem Bürgermeister oder besser noch mit dessen Frau zu reden. Warum sollten diese beiden nicht heiraten? So eine Blutauffrischung schadete nichts in Waldstedt, wo alles verwandt und verschwägert war.

Ja, der Herr Pastor hatte viel von seinen alten Anschauungen aufgegeben. Vor wenigen Monaten hätte er noch anders gedacht. Aber Schuld war nur Harting und - ja, auch die Familie Tomescheit.

*

Der schuldige Harting wußte nichts von dem, was er in der Seele des Pastors angerichtet hatte. Es war auch wenig Zeit, darüber nachzudenken. Die Arbeit riß nicht ab. Hatte er wirklich einmal jemand menschenwürdig untergebracht, kam bestimmt ein neuer Fall, der ihn in Anspruch nahm. Wenn die Menschen nur in Frieden miteinander leben würden.

Da war jetzt die Geschichte mit dem Arbeiter Rosenow. Selbst Schwester Liesel hatte nicht helfen können. Rosenow kam aus Schlesien. Mit vieler Mühe konnte er ihm und seiner Familie ein Zimmer besorgen. Auch Arbeit hatte Rosenow bei Baumeister Clasen gefunden. Aber nun kamen immer neue Klagen. Nicht nur der Hauswirt, auch die anderen Hausbewohner beschwerten sich und verlangten, daß Rosenow aus dem Hause zog. Dauernd verschwand irgend etwas. Mal war es Holz, mal Kartoffeln. Heute, wo alle Menschen so eng beieinander wohnten, bestand gar nicht die Möglichkeit, für jede Familie einen verschließbaren Abstellraum zu schaffen. Seit die Rosenows in diesem Hause wohnten, herrschte nur Streit und Unfrieden. Früher war hier nie etwas verschwunden. Aber jetzt - - - Leider konnte nie etwas bewiesen werden. Wer aber sollte es anders sein als Rosenow? Mit allen Mietern lag er in Unfrieden. Oft genug kam er sogar völlig betrunken nach Hause. Wer weiß, woher er den Schnaps bekam.

Kürzlich erst war Schwester Liesel auf Hartings Bitten dagewesen und hatte versucht, dem Manne ins Gewissen zu reden. Doch Rosenow hätte die Schwester beinahe geschlagen. Es wäre sein gutes Recht, so zu leben, wie er wollte, hat er gesagt. Wir lebten jetzt in einem freien Staat. Man sollte ihm erst ersetzen, was er verloren habe. Wenn hier der Hauswirt, dieser Dreckkerl, sich aufrege, dann wolle er ihm schon zeigen, was los sei. Der habe immer satt zu fressen und schlafe im weichen Bett. Er solle den armen Flüchtlingen auch etwas gönnen und sich nicht darüber aufhalten, wenn ihm jetzt ein paar lumpige Kartoffeln fehlten.

Es war kein vernünftiges Reden mit diesem Manne. Die Leute mußten aus der Wohnung heraus, einen anderen Weg gab es nicht. Harting war es gelungen, einige kleine Baracken aufzutreiben. In eine dieser ehemaligen Flakunterkünfte mußte Rosenow mit seiner Familie einziehen. Aber erst als die Polizei eingriff, konnte der Umzug vor sich gehen. Rosenow besaß nicht viel. Es war ihm nie eingefallen, sich um neue Sachen zu kümmern. Er beharrte auf dem Standpunkt, daß dies nicht seine Aufgabe sei. Sollte doch die Stadt sehen, wie sie ihn mit Betten oder Stühlen versorgte. Er meinte, es wäre sein gutes Recht, diese Forderung zu erheben. Anfangs hatte Schwester Liesel sich für ihn eingesetzt. Aber er bedankte sich nicht einmal für das, was sie für ihn tat. Da gab sie es auf, weiter für ihn zu sorgen.

Pastor Naßler kam gerade die Straße entlang, als der Umzug vor sich ging. Er sah die mehr als dürftige Habe. Aber auch er kannte durch Gespräche mit seinen Kirchenvertretern die Verhältnisse und dankte im Stillen dem Wohnungsamtsleiter, daß er ihm so ordentliche Leute ins Haus gesetzt hatte. Sie bereiteten ihm wirklich keinen Ärger. Sogar seine Frau hatte sich schon halb und halb mit den Tomescheits abgefunden.

*

Aber schließlich war es die Pflicht des Pfarrers als Seelsorger seiner Gemeinde sich gerade derer anzunehmen, denen es schwer wurde, den rechten Weg zu wandeln. Und der Hauptpastor von Waldstedt nahm es ernst mit seiner Pflicht. Wenn er noch so oft Enttäuschungen erlebte, in seinem Glauben an das Gute im Menschen ließ er sich nicht beirren.

Auch in der Familie Rosenow mußte ein guter Kern stecken, das war seine Überzeugung. Der Pfarrer beschloß den Versuch zu machen, ihn freizulegen.

Also ging er eines Tages in die Baracke, in der die Familie jetzt hauste. Er hatte es gut getroffen, Rosenow war zugänglicher als sonst. Der plötzliche Umzug unter dem Druck der Polizei war nicht ohne Erschütterungen an der Familie vorübergegangen. Die kleine verhärmte Frau des Arbeiters hatte wohl auch das ihre dazu beigetragen, um ihren Mann die Trostlosigkeit seiner Lage erkennen zu lassen, die er ja schließlich selbst verschuldet hatte. Die wenigen dürren Worte, die sie mit einer tiefen Traurigkeit ihrem Mann am Abend nach dem Umzug gesagt hatte, waren tatsächlich auf guten Boden gefallen. Der Pfarrer hatte es also nicht gar zu schwer, diese gute Seite noch stärker zum Klingen zu bringen.

Kurz und gut, Rosenow hörte sich, anfänglich allerdings noch mit Widerwillen, die harten Worte des Pastors an. Wohl wollte er aufbegehren, als ihm Hauptpastor Naßler die lange Reihe seiner täglichen Sünden vorhielt, er kam aber nicht zu Wort.

In der Ecke der armseligen Unterkunft stand Frau Rosenow und wischte nervös über ihre geflickte Schürze. Rosenow konnte nicht sehen, daß seine Frau sehr lebhaft zu den Worten des Pastors nickte.

Die Abneigung, die Rosenow vor jedem Pfarrer hatte, schwand mehr und mehr. Ja, er stellte sogar fest, daß all das, was er heute zu hören bekam, ihm zwar nicht sehr angenehm war, aber doch durchaus nicht wie eine billige Moralpredigt klang. Er mußte sogar feststellen, daß der Pfarrer noch nicht ein einziges Mal die Bibel zitiert hatte. Im Gegenteil, was er zu hören bekam, war sehr menschlich und natürlich und nirgendwo hörte er diesen verfluchten pastoralen Ton.

Als Hauptpastor Naßler ihn schließlich fragte, ob er nicht recht hätte mit dem, was er gesagt hatte, mußte Rosenow das zugeben. Und dabei waren ihm doch nur erst seine Sünden vorgehalten worden.

„Also Rosenow", fuhr der Pastor fort, „so geht es nicht weiter, das sehen Sie doch selber ein. Aber nun wollen wir auch einmal überlegen, wie wir es in Zukunft anders machen können. Das Wichtigste ist wohl, wieder regelmäßig zu arbeiten. Wer arbeitet, kommt nicht auf dumme Gedanken. Das Schnapsbrennen wollen wir doch am besten sofort einstellen."

„Das mit der Arbeit ist ja ganz schön, wo soll ich aber welche kriegen? Und mit dem Schnapsbrennen, sehen Sie, Herr Pastor, davon lebe ich ja. Wenn ich jede Woche eine Pulle verkaufe, dann können wir die nächste Woche von dem Geld leben."

„Ja, und die zweite und die dritte trinken Sie dann selber aus. Nein, Rosenow, so geht das nicht. Eines schönen Tages hat Sie die Polizei beim Wickel und dann durch Gitter sieht die Welt nicht schön aus."

Polizei, das Wort mochte Rosenow nicht hören. Er hatte es genug erfahren, daß mit ihr nicht gut Kirschenessen war.

„Verdammt, Herr Pfarrer, da haben Sie ja wohl recht", antwortete er, „Arbeit ist ja ganz gut, aber wo soll ich welche kriegen? Früher, ja, da habe ich ja immer schöne Arbeit gehabt, aber hier, in der Fremde? Nee, Herr Pastor, da glaub' ich nicht dran."

„Nun, das wollen wir erst einmal sehen. Was waren Sie früher? Wo haben Sie denn gearbeitet?"

„Ich war auf dem Bau, so als Bauhilfsarbeiter. Aber wo wird heute noch gebaut?"

„Sehen Sie, da ist also doch schon große Hoffnung vorhanden. Ich werde mal mit unserem Baumeister Clasen sprechen, er repariert jetzt doch unseren Kirchturm. Sicher wird er dabei auch für Sie Arbeit haben."

„Das wär' ja ganz schön, aber Clasen nimmt mich nicht, ich habe schon mal bei ihm gearbeitet, der kennt mich."

„Trotzdem, Rosenow, ich werde mal mit Clasen reden. Aber Sie müssen mir versprechen, auch wirklich fleißig und sauber zu arbeiten. Vor allen Dingen muß aber der Schnaps verschwinden. Auf dem Kirchturm kann man niemand gebrauchen, der säuft."

„Ich will Ihnen das schon versprechen, wenn ich man nur richtige Arbeit habe. Früher, da war das ja alles viel einfacher, da hatte ich mein kleines Häuschen und ein Schwein im Stall. Das ist nun alles weg."

„Wenn Sie aber wieder regelmäßig Arbeit und Lohn haben, werden Sie sich eines Tages auch wieder ein Häuschen bauen können. Das wäre dann doch sehr schön, so alt sind Sie doch noch gar nicht."

„Ja, das wär' sehr schön." Rosenow machte eine Pause. „Donnerwetter, Herr Pastor, das ist gut, das mit dem eigenen Häuschen."

Hauptpastor Naßler machte schnell sein Versprechen wahr. Als er sich von der Familie Rosenow verabschiedet hatte, ging er schnurstracks zu Baumeister Clasen und sprach mit ihm. Erst wollte der Baumeister nicht recht. Rosenow hatte ihm damals zu viel Ärger gemacht. Er war auch nicht davon überzeugt, daß dieser sein Versprechen, das er dem Pfarrer gegeben hatte, halten würde. Erst als der Hauptpastor in ihn drang und ihn immer wieder darum bat, doch noch einen Versuch mit dem Arbeiter zu machen, erklärte Clasen sich bereit, Rosenow einzustellen.

Da es für den Pastor keinen Umweg bedeutete, noch einmal an der Wohnung der Familie Rosenow vorbeizugehen, überbrachte er sofort die gute Botschaft. Schon morgen würde Rosenow beim Baumeister Clasen anfangen können.

*

Der Weiterbau am Kirchturm mußte vorübergehend eingestellt werden. Baumeister Clasen bekam nicht das Holz, das er gebrauchte. So war auch das Interesse der Waldstedter abgeflaut. Es waren keine Sensationen zu erwarten. Also vergaß man schnell, was so viele Wochen die Gemüter heftig bewegt hatte.

Dagegen war es empörend, daß jetzt die Frau Bürgermeister - oder besser gesagt, ihr Sohn - das Gesprächsthema aller Kaffeekränzchen und der jungen heiratslustigen Töchter war. Die Waldstedter Männerwelt nahm keinen Anteil an diesen Gesprächen. Das war nie ihre Art gewesen. Außerdem hatten die Männer anderes zu tun. Im Stadtparlament gab es genug Ärger. Die Linke benutzte den Streit, um neue Mißtrauensanträge gegen den Bürgermeister einzubringen. Sie tadelten ihn, nicht die Regeln der Demokratie eingehalten zu haben. Das war ein schwerer Vorwurf, und es galt für die Stadtvertreter aufzupassen und rechtzeitig jeden Angriff zu parieren. Die wirtschaftliche Lage wurde auch immer schlechter. Der Schuhmacher bekam kein Leder, der Schneider kein Garn. Wovon sollte man denn Reparaturen ausführen? Die Umsätze beim Fleischer wurden auch ständig geringer. Jetzt gab es nur noch 100 Gramm Fleisch im Monat für jeden Verbraucher. Davon kann keine Schlachterei existieren.

Und die Zeitungen! Überall in der Welt war Krieg. In Palästina, in China, in Griechenland. Wo sollte das nur hinführen! Die Waldstedter schimpften weidlich auf ihre Zeitungen.

Es war schon richtig, daß man sich nicht mit Politik befaßte. Politik verdirbt den Charakter. Die Zeit bewies es ja eindeutig. Hatte man früher wohl jemals soviel Ärger im Stadtparlament gehabt? Früher herrschte Ruhe und Ordnung. Da gab es keine Politik, keine Parteien. Was ging die Waldstedter die große Welt an? Man wurde in Ruhe gelassen, zahlte seine Steuern. - Ja, die Steuern! Aber was sollte man sich darüber ärgern. Man mußte eben sehen, wie man jetzt mit dem Finanzamt fertig wurde.

O, man war nicht auf den Kopf gefallen und wußte schon, wie man sich helfen konnte.

Ja, die Waldstedter Männerwelt hatte andere Sorgen, als sich um künftige Ehen zu kümmern oder heiratslustigen Töchtern die geeigneten Männer zu suchen. Man möge sie mit diesen Sachen gefälligst in Ruhe lassen; das sei Weiberkram. Das mit dem „Weiberkram" sagten sie allerdings nicht zu ihren Frauen. Man behielt das lieber für sich oder sagte es höchstens gelegentlich beim allwöchentlichen Skatabend im „Goldenen Bären" oder im „Holstenkrug". Hier fanden sich Gleichgesinnte und man riskierte keine hausfrauliche Gardinenpredigt.

*

So saßen sie nun zur gewohnten Stunde wieder einmal im „Holstenkrug" alle zusammen, die Rang und Namen in Waldstedt hatten, und die sich nur zu gern vom wärmenden Feuer ihres häuslichen Herdes entfernten, um sich statt dessen lieber an dem schwarzen Schnaps des Krögers Bergmüller innerlich zu erhitzen.

Mit gewohnter jovialer Behäbigkeit füllte Bäckermeister Oldorf den gastwirtlichen Lehnstuhl aus. Neben ihm hatte Postmeister a. D. Kuber seinen Platz gesucht und gefunden. Er wußte sehr wohl, daß an der Seite des Bäckermeisters seine schwache Börse die größte Schonung erfahren würde. Kaufmann Thomsen saß als nächster am Tisch. Dann kam der junge Architekt Claus Petersen, der heute zwar zum ersten Mal in diesem Kreis weilte, aber doch von allen uneingeschränkt als gleichberechtigt anerkannt wurde. Sein Vater, der ehrenwerte Bürgermeister von Waldstedt, hatte neben ihm Platz gefunden. Der pensionierte Lehrer Meyer fehlte ebensowenig wie der Brunnenbauer Berger. Baumeister Clasen schloß den Kreis.

In der Mitte des runden Eichentisches mit seiner sauber gescheuerten Platte stand wie schon seit Jahrzehnten das blitzende Messingschild mit der Aufschrift „Stammtisch". Es hing in einem kunstvoll geschmiedeten Rahmen, den der Brunnenbauer Berger einst höchsteigenhändig angefertigt hatte. Oben lief dieser Rahmen, der durch Eichenblätter verziert war, in eine Fahnenstange aus, die stolz die blau-weiß-rote Flagge des Landes trug. Inge Oldorf hatte erst vor kurzem dieses Banner aus echter Seide erneuert und es mit schönen, goldenen Fransen verziert. Nun leuchteten die Farben wieder frisch in der verräucherten Gaststube. Sie waren wirklich ein Symbol für die Einigkeit des Kreises, zu dem niemals ein Fremder Zutritt finden würde, am wenigsten ein Flüchtling.

Der Kröger Bergmüller kam jetzt hinter der Theke hervor. Er entsprach ganz und gar nicht dem Bild eines Gastwirtes. Man meinte, seine Knochen klappern zu hören, so mager und dürr war er. Diese, seine Gestalt hatte ihm auch den Spitznamen „das Gerippe" eingetragen. Es gab wohl kaum jemand in der Stadt, der ihn mit seinem richtigen Namen angesprochen hätte. Ihn störte dies nicht, mochten die Leute über ihn reden und denken, was sie wollten, wenn sie nur ihr Geld bei ihm vertranken. Das war sein Prinzip. Zwar sorgte er sehr für gute Bedienung seiner Gäste, aber es geschah nur aus seiner unersättlichen Geldgier heraus. In dieser Beziehung konnte es wohl kaum jemand in Waldstedt mit ihm aufnehmen. Geld zu verdienen war für ihn der einzige Sinn des Lebens. Obwohl er ihn so gerne trank, gönnte er sich keinen Tropfen. Selten genug geschah es darum, daß er einmal eine Runde auf seine Rechnung spendierte. Um so eifriger war er aber immer dabei, wenn Bäckermeister Oldorf oder ein anderer Gast die bekannte Handbewegung rund um den Tisch machte, um damit anzudeuten, daß die nächste Lage von ihm beglichen werden würde.

Das Gerippe ging auf den Bäckermeister zu und flüsterte ihm einige Worte ins Ohr.

„Augenblick Ruhe", rief Oldorf über den Tisch und klopfte gleichzeitig mit seinem Ehering an das Bierglas.

Das Gespräch verstummte und der Bäckermeister fuhr fort:

„Das Gerippe erzählt mir eben, er hätte drei Flaschen echten, guten Rum im Keller. Was haltet Ihr davon, wenn wir diese Flaschen zu Ehren des Kirchturmbaues in steifen Grog verwandeln? Was gut ist für die Kälte, ist auch gut für die Hitze."

Ein beifälliges Gemurmel erhob sich in der Runde.

„Dreihundert Mark die Flasche", dienerte das Geripppe.

Auch jetzt erhob sich kein Widerspruch. Man war diese Preise gewohnt, und das Geld war ja so wertlos geworden. Selbst Kuber stimmte zu. Sein Nebenmann würde wohl schon seinen Anteil mit übernehmen.

„Also einverstanden", nahm Oldorf erneut das Wort. „Mach' Wasser heiß und bring' die Flaschen her, altes Geripppe", sagte er.

„Sofort, meine Herren", antwortete Bergmüller und rieb sich innerlich vergnügt die Hände. Das würde ein gutes Geschäft werden. „Entschuldigen Sie mich für fünf Minuten, ich hole die Flaschen." Er verschwand.

Inzwischen steckten die Männer um den Stammtisch ihre Köpfe zusammen und lauschten auf das, was der Bäckermeister ihnen vorschlug. Dröhnendes Gelächter ertönte als er geendet hatte. Ungeduldig warteten sie auf das Erscheinen des Geripppes, um endlich wieder einmal das alte Stammgetränk ihres Kreises, einen guten Grog, trinken zu können.

Das Geripppe trat ins Zimmer. Unter dem Arm hatte er eine Aktentasche, aus der er erst einmal eine Flasche holte und sie dem Bäckermeister gab, der sie eingehend betrachtete.

„Gut, es ist Pott-Rum. Bring' Gläser, Geripppe. Du weißt ja, Holsteiner Art: Rum muß, Zucker kann, Wasser ist nicht nötig."

Schmunzelnd gab er die Flasche dem Wirt zurück, damit er sie entkorke. Das Geripppe legte die Aktentasche mit den beiden anderen Flaschen auf den Tisch.

94

„Mitgebracht", sagte er und jeder verstand, daß dies eine Vorsichtsmaßnahme für allzu neugierige Fragen des Zollfahndungsdienstes darstellte. Die Waldstedter Polizei brauchte man ja nicht zu fürchten. Gute Bekannte machen sich das Leben nicht gegenseitig schwer.

Das Gerippe verschwand in der Küche und kam bald mit einem Teekessel heißen Wassers wieder. Er ging von Hand zu Hand. Die Rumflasche wanderte hinterher. Der heiße Grog dampfte und verführerisch stieg der Duft in die Nasen der acht Waldstedter.

Der Wirt ging leer aus. Er hatte es abgelehnt, sich an den Kosten zu beteiligen, „weil er Grog nicht vertragen könnte", wie er meinte. Seine Freunde wußten aber, was das Gerippe nicht vertrug, und lachten.

Bei der zweiten Flasche wurden die Waldstedter schon redseliger. Die wirtschaftliche Lage bot keinen neuen Gesprächsstoff mehr. Man hatte sie bereits von allen Seiten eingehend besprochen und die unfehlbaren Rezepte, die nicht nur die eigene, sondern auch die Situation der Wirtschaft der ganzen Welt für alle Zeiten zur Gesundung geführt hätten bekannt gegeben. Es blieb also nur noch übrig, die Politik ebenso gründlich zu klären. Als die Flasche geleert war, hatte auch dieses Problem eine endgültige Lösung gefunden. Man sollte nur die Waldstedter regieren lassen! Sie würden den Karren schon aus dem Dreck ziehen.

Nur Claus Petersen beteiligte sich nicht an diesen Gesprächen. Stillvergnügt trank er seinen Grog und mußte innerlich nur manches Mal herzlich über die Weltverbesserer lachen. Er hütete sich aber, dies merken zu lassen.

Die dritte Flasche wurde geöffnet. Leer lag die abgegriffene Aktentasche auf dem Eichentisch. Die Köpfe der

Waldstedter Honoratioren wurden schwer von den guten Gedanken, die der ungewohnte Grog - man hatte ihn zu lange entbehren müssen - ihnen eingab.

Da nun aber auch das politische Thema erschöpft war, konnte man sich nur noch über den Stadtklatsch unterhalten. Was lag näher, als jetzt auch den Kirchturmbau noch einmal eingehend zu besprechen. Baumeister Clasen saß ja am Tisch. Da konnte man doch aus erster Hand erfahren, wie die Dinge weiter gehen sollten. Aber Clasen schwieg sich aus.

„Eine Henne gakelt auch erst, wenn das Ei gelegt ist." Mit diesen Worten lehnte er jede eigene Stellungnahme ab. Auch Claus Petersen, den man jetzt nach seiner Meinung fragte, gab nur ausweichende Antworten. Sicher sei es schwer, das Werk zu einem guten Ende zu führen, bestätigte er. Manches sei zu bedenken und viele Schwierigkeiten zu überwinden.

Es blieb der Tischgesellschaft also nichts weiter übrig, als ihre eigenen Gedanken auszuspinnen. Und - wie gesagt - Gedanken hatten sie reichlich.

Aufmerksam hörte das Gerippe diesem Gespräch zu. Das war etwas, was auch ihn interessierte. Was waren ihm Politik und Wirtschaft, wenn es ihm nur gut ging. Aber was unmittelbar um ihn herum geschah, das hatte Bedeutung. Davon wurden er und sein Geschäft und - sein Geld berührt. Vor lauter Raffgier schaute er nicht einmal so weit in die Runde, wie der Hahn auf der Kirchturmspitze zu sehen war.

Auch die dritte Flasche war leer getrunken. Es war Zeit, nach Hause zu gehen. Die Geisterstunde war schon längst vorüber.

„Na, dann rechne mal zusammen, Gerippe", sagte Bäckermeister Oldorf.

Eilfertig verschwand der Wirt hinter der Theke und kam bald darauf mit der Rechnung wieder.

„Macht 1020,-", sagte er und legte den Zettel auf den Tisch.

Der Bäckermeister kratzte sich nachdenklich hinter dem Ohr.

„Hm, hm", brummte er, „das ist nun so eine Sache, liebes Gerippe."

Der Schalk blitzte ihm aus den Augen, aber der Wirt sah es nicht.

„Weißt Du, Gerippe, wir können nicht bezahlen."

Der Wirt wurde noch bleicher als er schon war und stützte sich schwer auf die Lehne eines Stuhles.

„Nicht - bezahlen", stotterte er.

„Nicht bezahlen", echote Oldorf.

Ungläubig starrte Bergmüller ihn an.

„Ja, das ist nämlich so", fuhr der Bäckermeister fort. „Wir haben gewettet, ob der Kirchturm auf Thomsens Haus oder auf meines fallen wird. Ich habe behauptet, er fällt auf Thomsens Haus. Aber Thomsen ist überzeugt davon, daß er mein Haus trifft. Wer nun Unrecht hat, der muß die Zeche bezahlen."

„Ja, aber ...", rief das Gerippe. Oldorf unterbrach ihn sofort.

„Ich weiß schon, was Du sagen willst. Du meinst, wenn das Haus zerstört ist, kann man dieses Geld nicht auch noch aufbringen. Du kannst ganz beruhigt sein. Die Versicherung bezahlt es gleich mit."

Das Gerippe zappelte aufgeregt mit den Händen. Die Gäste lachten und bestätigten, was der Bäckermeister gesagt hatte.

„Ja, aber ...", begann der Wirt noch einmal.

„Na, was denn?" unterbrach Oldorf ihn wieder.

„Ja, aber, wenn der Kirchturm nun gar nicht umfällt?"

„Da kannst Du ganz beruhigt sein", sagte der Bäckermeister. „Er fällt, er fällt ganz bestimmt. Er hat doch neulich schon so sehr gewackelt. Wir haben es doch selber gesehen, Thomsen und ich. - Also, er fällt bestimmt."

Das Gerippe wackelte jetzt viel mehr als damals der Kirchturm.

„Schön", meinte Oldorf. „Also, wenn er nicht fällt, dann bezahlst Du."

„Nein", schrie der Wirt, „nein."

„Doch, doch", antwortete der Bäckermeister. „Aber dann kommen wir wieder, und der Baumeister wird eine neue Zeche machen. Zweitausend Mark will er dann springen lassen. Dann hast Du alles wieder verdient. Der Rum kostet Dich doch nur fünf Mark die Flasche. Der stammt doch noch aus der Vorkriegszeit, Du alter Gauner - also Gute Nacht."

Lachend verließ die Gesellschaft die Gaststube. Alle gönnten dem Wirt diese Lehre. Bleich und zitternd stand er immer noch am Stuhl des Bäckermeisters und konnte kein Wort hervorbringen, so sehr war er erschüttert.

„Mir ist der Spaß die Sache wert, ich übernehme die ganze Zeche", sagte draußen der Bäckermeister zu seinen Freunden. „Nun wollen wir ihn aber erst einmal tüchtig zappeln lassen, diesen Geizhals. Sein Geld kriegt er erst, wenn der Kirchturm wirklich fertig ist."

*

Jeder hatte seine Sorgen. Schwester Liesel wurde die Erfüllung ihrer Aufgabe immer schwieriger. Kein Wirtschaftsamt konnte helfen, kein noch so verständnisvoller Wohnungsleiter. Wo nichts zu verteilen war, war auch der gute Wille zwecklos. Die Not aber wuchs unaufhaltsam. Die wenigen brauchbaren Kleidungsstücke, die Flüchtlinge und Ausgebombte besaßen, waren längst vertragen und über und über mit Flicken besetzt.

Sicher hatten auch viele der neuen Bewohner Waldstedts inzwischen wieder Wurzel in einem ihnen fremden Erdreich geschlagen. Sie fühlten sich kaum noch als Flüchtlinge und würden es vielleicht schon völlig vergessen haben, wenn die Enge der Häuslichkeit, das Fehlen des behaglichen Lehnstuhles sie nicht immer wieder daran erinnert hätte.

Tomescheit hatte in der richtigen Erkenntnis, daß es nichts nütze, dem Vergangenen nachzutrauern, seiner Familie ein für allemal verboten, von „früher" zu sprechen. Was man einmal besessen hatte - nun - das war eben gewesen! Es ist besser, sich nicht durch alten Ballast die Seele und die Kraft der Hände zu binden. Tomescheit konnte noch arbeiten und seine Jungen auch. Auch der Älteste würde in den nächsten Tagen wieder anfangen können. Und wer noch arbeiten kann, das war Tomescheits Philosophie, hat alle Chancen, wieder etwas Neues aufzubauen.

Seiner Frau wurde es schwer, die alte Zeit zu vergessen. Es blieb ihr aber nichts übrig, als die Erinnerung still zu bewahren. Ihr Mann war in diesem Punkte unerbittlich. Vielleicht dachte auch er noch bisweilen an die kleine behagliche Wohnung in Ostpreußen. Sie hatten sie damals verlassen müssen, als wollten sie nur einen kleinen Spaziergang machen. Alles stand noch auf seinem Platz, als sie die Tür zum letzten Mal hinter sich zuzogen. Ja, vielleicht wäre es für Frau Tomescheit leichter gewesen, über diese Erinnerung hinwegzukommen, wenn eine Bombe oder eine Granate ihr Hab und Gut in Schutt und Trümmer gelegt hätte. Die Ruine wäre dann das letzte Bild gewesen.

Der Mensch vergißt Ruinen leichter als saubere Wohnzimmer, in denen an Wintertagen zufrieden die Katze hinter dem Ofen schnurrt.

Auch in Waldstedt gab es Katzen. Und genau wie ihre Artgenossen in Ostpreußen saßen sie in dieser Jahreszeit ebenfalls nicht schnurrend hinter dem Ofen. Sie benutzten vielmehr diesen vollerblühten Frühling dazu, ihrer naturgegebenen Veranlagung zu folgen. Warme Nächte, in denen der Mond gleich einer goldenen Scheibe am Himmel stand, waren für sie die Gelegenheit, über niedrige Waldstedter Dächer oder engmaschige Zäune zu klettern und nach dem Kater Ausschau zu halten. Auch eine Katze dachte in dieser Jahreszeit nicht nur an einen wohlgefüllten Bauch. Sie hatten es deshalb auch nicht nötig, stille zu sein. Der nachbarliche Kater sorgte für ausgedehnte Nachtkonzerte, und der Katze waren diese herzerweichenden Arien ihres liebestollen Don Juan Bestätigung eigener Sehnsucht.

Doch wie gesagt, der Mensch denkt anders über nächtliche Konzerte, zumal wenn er, wie just die Frau Bürgermeister, seit Tagen das Bett hüten muß. Sogar der Hausarzt war schon gebeten worden. Als vorsichtiger Mann hatte er bisher noch keine Diagnose gestellt. Er wartete noch ab. Aber die Bürgermeisterin war tatsächlich ernstlich krank.

Herr Petersen hatte bereits an seine Schwägerin schreiben müssen, sie möge nach Waldstedt kommen und ihre ordnende Hand dem Haushalt zur Verfügung stellen.

Für Claus Petersen waren diese Tage willkommene Gelegenheit, mit Liesel ausgedehnte Spaziergänge zu machen. Sie folgte nur zu willig ihrem „Kerlchen" durch blühende Wiesen oder nachttrunkene Wälder. Ein heller Staubmantel über dem blumengeschmückten Sommerkleid wehrte nur unvollkommen die spätabendliche Kühle ab. Aber bis ins Herz drang diese Kühle nicht. Die Abendspaziergänge bestärkten in den beiden jungen Menschen den Wunsch, die Heimlichkeit ihrer Liebe zu beenden und offen den Waldstedtern zu zeigen, daß sie zusammengehörten. Liesel mahnte immer noch zur Zurückhaltung. Als sie aber hörte, daß sogar der Pastor schon davon wußte, gab sie ihren Widerstand auf. Mit traurigem Herzen dachte sie nur an die Schwierigkeiten, die die Familie des Glasermeisters ihnen machte. Sie wurde aber nicht mutlos. Zur rechten Zeit würde der rechte Weg gefunden werden.

Claus dachte nicht anders. Seine einzigen Bedenken bestanden darin, daß er immer noch keine feste und im bürgerlichen Sinne gesicherte Existenz hatte. Wenn er davon sprach, lachte Liesel ihn aus. Darüber machte sie sich keine Sorgen. Sie war auch hier von einem gesunden Optimismus erfüllt. Kommt Zeit, kommt Rat. Bis zum Heiraten war noch gute Weile. Bis dahin würde Claus bestimmt das gefunden haben, was er suchte. Erst galt es, den Widerstand der zukünftigen Schwiegereltern zu überwinden. Darauf mußten sie ihre Hauptaufmerksamkeit richten.

Claus, der unter dem fröhlichen Einfluß seines Strolches, wie er Liesel nur noch nannte, seine anfängliche Lethargie völlig überwunden hatte, war in der letzten Zeit mehrfach in die Kreisstadt, nach Hamburg und auch nach Kiel gefahren und hatte mit Berufskameraden Fühlung genommen. Wiederholte Unterhaltungen mit Baumeister Clasen bestärkten ihn aber in dem Entschluß, in Waldstedt zu bleiben und ein Architekturbüro zu eröffnen. Auf den Vorschlag des Baumeisters, mit ihm in einer gemeinsamen Firma zu arbeiten, ging Claus jedoch nicht ein. Er wollte selbständig bleiben. Auch so würde sich oft genug die Möglichkeit ergeben, zusammenzuarbeiten.

Schweren Herzens mußte Clasen sich damit zufriedengeben. Er hätte gern die Verbindung mit Claus Petersen recht eng gestaltet. In seiner Firma gab es keinen Erben. Seine Ehe war kinderlos geblieben. Claus wäre ihm schon ein rechter Nachfolger. Doch dieser dachte nicht daran, sich in ein fertiges Nest zu setzen. Er wollte sich selber etwas schaffen, für sich und seinen kleinen, schwarzen Strolch. Und wenn so ein echter holsteinischer Dickschädel sich erst etwas in den Kopf gesetzt hat, dann wird das auch in die Tat umgesetzt.

Claus war wieder einmal in die Kreisstadt gefahren. Schon mehrere Tage war er unterwegs. Von Behörde zu Behörde hatte er laufen müssen. Der ganze Unsinn einer papierschwangeren Zeit war ihm bestens vertraut geworden. Aber er hatte erreicht, was er wollte.

Als Kuddel Waldstedt schnaubend und stampfend ihn wieder in sein Städtchen zurückbrachte, hatte er die Genehmigung in der Tasche, als selbständiger Architekt arbeiten zu dürfen. In Waldstedt wollte er sich niederlassen. Es fehlte nur noch das Ja und Amen der Waldstedter Stadtväter. Doch das würde kaum Schwierigkeiten bereiten. Noch hatte er mit seinem Vater nicht über seine Absichten gesprochen. Der würde es schon früh genug erfahren. Selbst Liesel hatte er nichts davon verraten. Für sie sollte es eine Überraschung sein.

Als er nach Hause kam, fand er, daß sich der Zustand seiner Mutter nicht gebessert hatte. Im Gegenteil, es ging ihr schlechter als vorher. Jetzt hatte sich auch der Arzt geäußert und, da es sich um eine Gallenblasenentzündung handelte, strenge Diät verordnet.

Wie sollte diese Diät aber zubereitet werden? Und wer sollte es tun? Die letzte Frage war noch schwieriger zu beantworten. Hilflos stand der Glasermeister in der Küche. Seine Schwägerin hatte ihm gerade geschrieben, daß sie nicht kommen könnte, weil eines ihrer eigenen Kinder sehr krank wäre. Mit vielen guten Wünschen und bedauernden Worten schloß der Brief. Die guten Wünsche hätte sie sich sparen können, schimpfte der Bürgermeister in sich hinein.

So kam man nicht weiter. Recht und schlecht hatte er sich durch die letzten Tage geholfen. Haferflocken hatte er genug im Küchenschrank gefunden. Milch brachte jeden Morgen der Milchwagen seines Bruders mit herein. Aber das Kochen, das Kochen! Und immer nur Haferflocken, das ging auch nicht. Den Grieß, der oben auf dem Boden liegen sollte, fand er nicht. Seine Frau hatte ihn zu gut verwahrt. Der Bürgermeister ärgerte sich und schimpfte. Zuletzt würde er schließlich noch selber gallenkrank werden, orakelte er. Er war völlig verzweifelt.

Da endlich kam Claus von seiner Reise zurück. Gott sei Dank. Jetzt konnte der sich um die Küchenwirtschaft kümmern. Die bürgermeisterlichen Züge wurden heller, als der Sohn wieder da war. Aber auch Claus war nicht begeistert, als sein Vater ihm das Amt des Küchenchefs übertrug.

Recht mißmutig ging er am nächsten Tage in die Stadt, um einzukaufen. Erst als er den kleinen goldenen Hahn auf der Kirchturmspitze in der Sonne blinken sah, wurden seine

Gedanken fröhlicher. Seit gestern erst drehte der Hahn sich in dem leichtem Winde. Er war schön anzusehen. Und stolz sah er aus, dort oben auf der Spitze. Seine Schwanzfedern schwangen kühn in die Luft. Noch hatte kein Regen sein goldenes Gefieder benetzt, kein Sturm ihn wie toll im Kreise gedreht. Voller Hochmut blickte er von der Schusterahle auf Waldstedts Häuser und Bewohner hinab. Claus mußte lachen über den frechen Burschen dort oben. Warte nur, dachte er, bald bist du genau so grau und verrostet wie dein Vorgänger. Auch du wirst jammern und quietschen, wenn der Wind dich dreht.

Auch sonst traf Claus auf seinem Weg nur fröhliche Leute. Studienrat Poppendorf erzählte ihm, daß er nach den Sommerferien den Dienst an der Mittelschule wieder beginnen würde.

Kaufmann Thomsen begrüßte ihn mit der freudigen Nachricht, daß es endlich Bezugscheine gegeben hätte. 100 Wolldecken, die eigentlich schon im Herbst zugewiesen werden sollten, durfte er jetzt verkaufen. Harting erzählte ihm, daß ein Flüchtlingstransport von 50 Familien noch einmal gnädig an Waldstedt vorübergezogen sei. Der junge Tomescheit lief ihm ebenfalls, noch am Stocke humpelnd, in den Weg. Es schien, als ob es allen Leuten nur gut ginge. Da wurde Claus wieder ärgerlich, denn seine Liesel traf er nicht.

Mit Brot, Butter und Fleisch, der Monatsration der ganzen Familie, ging er zurück an seine neue Wirkungsstätte, den Küchenherd.

Angetan mit einer Schürze stand aber auch er hilflos in der Küche. Mit dem hölzernen Kochlöffel kratzte er sich hinter dem Ohr. Den Grieß hatte auch er nicht finden können und so blieben für seine Mutter nur wieder Haferflocken. Für sich würde er Bratkartoffeln und Spiegeleier machen. Fett und Eier fand er ausreichend vor. Die eingekaufte Butter brauchte er nicht anzugreifen. Sein Vater würde wohl unterwegs etwas zu essen bekommen. Der Bauer, dem er heute Glasscheiben in die Fenster des Kuhstalls einsetzen wollte, würde auch sicher noch etwas anderes für die Küche beisteuern.

In Gedanken versunken bemerkte er nicht, daß sich leise die Küchentür geöffnet hatte. Eigentlich wollte Liesel ihm ganz sacht von hinten die Augen zuhalten, als sie aber diese komische, jammervolle Gestalt mit dem Kochlöffel in der Hand sah, mußte sie hell auflachen. Erschrocken drehte Claus sich um und beherrschte sofort die Situation. Mit Gepolter fiel der Kochlöffel zu Boden und Liesel mußte es sich willig gefallen lassen, daß er sie in die Arme nahm und auf den lachenden Mund küßte, bis sie kaum noch atmen konnte. Mit einem Blick sah Liesel, was hier los war. Auf dem Küchentisch stand noch das Geschirr vom gestrigen Abendessen. Auf dem Herd drohte gerade die Milch überzukochen. Mit schnellem Griff nahm sie den Topf vom Feuer.

Da kam Claus der richtige Gedanke. Er hob den Kochlöffel auf und drückte ihn Liesel in die Hand. Die Küchenschürze band er ab und gab sie ihr ebenfalls. Dann setzte er sich auf den Stuhl und zündete sich eine Zigarette an, damit klar zu erkennen gebend, daß für ihn Feierabend sei.

Liesel lachte einverstanden. Stolz und selbstbewußt wie der Hahn auf der Kirchturmspitze saß Claus auf seinem Stuhl.

„Einmal Gallendiät, Schwester."

„Jawohl, mein Herr."

„Zucker ist in der Büchse, auf der Kaffee drauf steht."

„Bedienen Sie sich Schwester, wenn Sie nicht Bescheid wissen, fragen Sie bitte. Ich esse heute Spiegeleier. Sie sind eingeladen."

„Mistvieh, Dummes."

„Wie meinten Sie? - Ach so, richtig, das Schwein muß auch noch gefüttert werden. Hinten im Stall, zweite Tür links."

Frau Petersen merkte nichts von all' dem, was sich in ihrer Küche abspielte. Der Arzt war dagewesen und hatte ihr eine schmerzstillende Spritze gegeben. Nun schlief sie. Mit Rücksicht auf ihre Galle war es auch wohl gut so.

Als sie zwei Stunden später aufwachte, fühlte sie sich sehr wohl, und mit großem Appetit aß sie ihre Diät. So gut hatte ihr der Haferflockenbrei noch nie geschmeckt, den Claus ihr servierte. Sie lobte ihn und beinahe wäre er rot geworden. Er aber nahm sich vor, dieses Lob doppelt in der unter verliebten Menschen üblichen Form weiterzureichen.

Am späten Nachmittag kam Glasermeister Petersen nach Hause. Einen wohlgefüllten Rucksack brachte er mit. Auch ihm fiel auf, wie sauber heute die Küche war. Da beichtete Claus ihm den Mittagsbesuch. Erst wollte der Bürgermeister böse sein. Schließlich dachte er daran, daß dies ja eigentlich die dienstliche Aufgabe der Schwester Liesel wäre. Sie wird von der Stadt bezahlt, daß sie dort hilft, wo es nottut. Und hier tat es not. Also gab er seine väterliche und bürgermeisterliche Zustimmung. Aber auch er hielt es für richtiger, der Mutter noch nichts davon zu sagen. Sie würde es noch früh genug erfahren.

Es dauerte immerhin drei volle Tage, bis sie es erfuhr. Die Nachbarin, die teure, war es, die nichtsahnend Schwester Liesel lobte. Es wäre doch wirklich nett von ihr, daß sie so hilfsreich für die Frau Bürgermeister sorgte, plauderte sie aus, als sie eines Nachmittags die Kranke besuchen kam. Frau Petersen bekam erst ganz große Augen, aber die Situation schnell erfassend, stimmte sie in das Lob ein. Jetzt wurde ihr plötzlich klar, warum das Essen immer so gut schmeckte und warum die beiden Mannsleute gar nicht mehr auf die Küchenarbeit schimpften.

Als die Nachbarin endlich gegangen war - wie sehr hatte Frau Petersen auf diesen Augenblick gewartet - rief sie die beiden Übeltäter zu sich. Ihr ganzer Zorn entlud sich weniger darüber, daß ausgerechnet Schwester Liesel die Wirtschaft führte, als darüber, daß man sie überhaupt nicht gefragt hatte. Darin sah sie - allerdings nur für sich selber - ein bedauerliches Zeichen sinkender Autorität.

Ihr Ärger wurde beim Reden immer größer. Schuldbewußt schwieg der Bürgermeister. Als es Claus schließlich zu viel wurde, fiel er seiner Mutter schroff ins Wort:

„So, nun ist aber Schluß. Der Arzt hat es Dir verboten, Dich aufzuregen. Hier geht es nur darum, daß Du gesund wirst. Das Essen schmeckt Dir schon besser, Du siehst also, daß Schwester Liesel kochen kann. Und das sie das Richtige für Dich kocht, wirst Du schon noch merken. Und meinst Du denn, an Vater und mich brauchtest Du nicht zu denken?"

Frau Petersen schwieg und ergab sich resignierend in ihr Schicksal. Eigentlich hatte Claus recht. Das Essen war wirklich besser geworden und bekam ihr vor allem. Nur der Grieß war immer noch nicht gefunden worden. Und noch einmal beschrieb sie genau die Stelle, wo sie ihn verwahrt hatte. Morgen vormittag sollte der Glasermeister noch einmal auf den Boden gehen und suchen.

Als Herr Petersen senior am späten Vormittag des nächsten Tages diesen Auftrag ausführen wollte, bemerkte er, daß bereits zwei andere auf der Suche waren. Er sah allerdings nur zwei Rücken und die dazugehörigen Beine. Die Oberkörper waren in der großen Kiste verschwunden. Er hörte nur ein leises Kichern und sah, als gerade die Sonne durch das Dachfenster blickte, daß zwei von den Beinen lang und nackt und wohlgeformt waren. Da dachte er daran, daß er vor vielen Jahren ... und zog sich leise wieder zurück. In der Küche stopfte er sich eine Pfeife mit selbstgebautem Tabak und wartete.

Es dauerte noch eine Zeit, bis er die beiden die Bodentreppe herunterkommen hörte. Sie brachten auch richtig den Beutel mit Grieß mit. Also hatte dieser Ausflug in das obere Stockwerk doch Erfolg gehabt. Erfreut stellte der Bürgermeister fest, daß er nun ja nicht mehr zu suchen brauchte. Er sah auch großmütig darüber hinweg, daß Schwester Liesel bei seinem Anblick rot geworden war.

Ja, so ein Kerl war der Bürgermeister von Waldstedt.

108

Mit Überraschung, aber auch mit Freude hatte Claus die veränderte Haltung seines Vaters beobachtet. Wenn der Bürgermeister auch mit keinem Wort auf die Liebe seines Sohnes zu sprechen kam, so wurde doch deutlich, daß er aus einer inneren Überzeugung heraus die immer noch kraß ablehnende Haltung seiner Frau nicht mehr teilte.

Mittags und abends saß Schwester Liesel am gemeinsamen Tisch in der Küche, während Frau Petersen, gut versorgt, nun fast die dritte Woche im Bett lag. Der Glasermeister hatte also Gelegenheit, unbeeinflußt durch die Meinung seiner Frau, Liesel kennenzulernen. Er empfand immer stärkere Sympathie für das Mädel. Aber den Gedanken, daß er hier am Küchentisch seiner zukünftigen Schwiegertochter gegenübersäße, wollte er nicht wahrhaben. Er schien ihm zu absurd zu sein.

Unbewußt fand er im Innersten immer noch eine Kluft zwischen sich, dem eingesessenen Holsteiner und der vom Wind hierher gewehten schwarzhaarigen Schwester. Ja, wenn sie auch noch ein ganz gutes Holsteiner Platt sprach und sich sichtlich große Mühe gab, nicht nur heimisch zu werden, sondern auch die Eigenheiten der Bevölkerung zu verstehen, so blieb sie doch eine Landfremde in seinen Augen.

Aber nach außen hin bezog er keine Stellung. Er scheute es auch, über all' dies bewußt nachzudenken. Der Zustand, der jetzt in seiner Häuslichkeit herrschte, war so sehr nach seinem Sinn, daß er ihn gar nicht geändert haben wollte. Er fühlte sich in allen Dingen verwöhnt.

Die sprühende Lebhaftigkeit, mit der Schwester Liesel erzählte, was sie im Ort erlebte, verscheuchte manche Sorgen, die er aus dem Rathaus mitbrachte. Wenn der Claus nun noch Glasermeister geworden wäre und das Geschäft übernehmen könnte, würde er sich jetzt gut zur Ruhe setzen können. Und dann kam ihm oft der Gedanke, was Claus nun eigentlich beginnen wollte. Er wagte nicht, das Gespräch darauf zu bringen, und Claus selbst schwieg.

Eines Abends, Schwester Liesel hatte gleich nach dem Essen weggehen müssen, saßen die beiden Petersens allein im Wohnzimmer. Ganz sachte begann es draußen dunkler zu werden. Die Linien der Möbelstücke verwischten mehr und mehr. Der Bürgermeister hatte die Zeitung weggelegt und nahm umständlich seine Brille ab. Er saß am Fenster. Hin und wieder gingen draußen Menschen, Bekannte und Unbekannte vorbei. Baumeister Clasen strebte eilig seiner Wohnung zu.

„Clasen geht nach Hause", sagte er.

Es blieb eine Weile still im Zimmer. Da begann Claus zu sprechen. Er erzählte von seinen verschiedenen Besuchen in der Kreisstadt, in Hamburg und Kiel. Dann berichtete er von seinen Erfolgen, und daß er die Genehmigung für seine Berufspraxis erhalten hätte. Erfreut nickte der Bürgermeister.

„Und was willst Du nun tun?" fragte er.

„Ich will hier in Waldstedt ein Architekturbüro aufmachen", antwortete Claus.

„Das freut mich", sagte der Vater, „aber meinst Du, daß das hier bei uns lohnt? Hier war noch nie ein Architekt. Soviel gibt es hier auch nicht zu bauen."

„Doch, es lohnt sich. Die Stadt ist doppelt so groß geworden. Es fehlen Wohnungen, es fehlt Industrie."

„Um Gottes willen, wir wollen keine Fabriken haben", rief Petersen senior abwehrend. „Wir sind eine bürgerliche Stadt. Wenn wir jetzt Fabriken herbekommen sollten, dann werden wir auch rot. Nein, nein, das lassen wir nicht zu."

110

Claus lachte. „Fabriken sind für Dich wohl riesige Schornsteine, viel Menschen, viel Krach. Nein, solche Fabriken kommen bestimmt nicht hierher. Aber kleine Betriebe, die vor allem Frauen beschäftigen, müßt Ihr haben. Oder wollt Ihr lieber jahrzehntelang Armengelder aus dem Stadtsäckel zahlen? Wollt Ihr nicht endlich beginnen, die Flüchtlinge in Arbeit zu bringen? Wenn Ihr das nicht tut, dann werdet Ihr allerdings sehr bald rot sein auch ohne Fabriken."

Eindringlich schilderte Claus seine Gedanken über die sozialen Aufgaben verantwortungsvoller Stadtväter. Eine Zigarrenfabrik, Bekleidungsfirmen müßten her. Da können Frauen beschäftigt werden und auch manch alter Mann, der nicht mehr schwer arbeiten kann, könnte hier wieder wöchentlich eine Lohntüte nach Hause tragen, statt sich wenige Pfennige Armenunterstützung beim Wohlfahrtsamt abholen zu müssen.

Claus sprach von seinem Plan, einfache, aber zweckmäßige Wohnungen zu bauen, erzählte von seinen Unterhaltungen mit Baumeister Clasen, und daß dieser gern bereit sei, mit ihm zusammenzuarbeiten.

Von dem Eifer seines Sohnes wurde auch der ruhige Bürgermeister angesteckt. Er begann, die Gedanken weiterzuspinnen. Claus freute sich, wie sein Vater seine Pläne aufgriff. Leichten Herzens zerstreute er die Bedenken, die dem alten Glasermeister, der ein guter Rechner war, immer erneut kamen. Schließlich hatte er ihn überzeugt, bereitwillig willigte der Bürgermeister ein, sich bei den Ratsmännern für die notwendige Zulassung einzusetzen. Da waren für ihn als Stadtoberhaupt wirklich keine Schwierigkeiten zu erwarten. Und das Büro könne Claus hier im Wohnzimmer einrichten. Das Schlafzimmer würden sie zum Wohnzimmer machen und oben auf dem Boden sollte Claus dann gleich ein neues Schlafzimmer für ihn und seine Frau ausbauen. Das wäre schon der erste Auftrag für die junge Firma.

Plötzlich fiel dem Glasermeister ein, daß seine Frau neulich ähnliche Gedanken geäußert hatte, allerdings in einem ganz anderen Zusammenhang. Die Gestalt Schwester Liesels tauchte vor ihm auf, aber schnell verscheuchte er das Bild. Nein, daran wollte er nicht denken. Heute wollte er sich seine Stimmung nicht verderben lassen. Er war froh, daß sein Sohn wieder anfangen wollte zu arbeiten. Nichts haßte der alte Mann, dessen ganzes Leben unermüdliche Arbeit gewesen war, so sehr, wie ein Herumsitzen und Nichtstun.

Als er zu Bett gegangen war, erzählte er alles seiner Frau, die ebenfalls völlig mit den Plänen ihres Sohnes einverstanden war.

„Und vom Heiraten, hat er da etwas gesagt?" fragte sie.

„Nein", antwortete der Bürgermeister.

Da war Frau Petersen beruhigt. Hoffentlich hat er sich diese Gedanken aus dem Kopf geschlagen, dachte sie.

*

ber Claus Petersen hatte sich diesen Gedanken ganz und gar nicht aus dem Kopf geschlagen. Er hatte nur deswegen nichts davon gesagt, weil er meinte, daß auch dafür der rechte Augenblick noch kommen würde. Er wollte, wenn es irgend ging, eine friedliche Auseinandersetzung mit seinen Eltern, weil er fest davon überzeugt war, daß sie eines Tages doch ihren Widerstand, der sich nicht gegen Schwester Liesel, sondern nur gegen ihre Landfremdheit richtete, aufgeben würden.

Jetzt galt es erst, seine berufliche Existenz zu sichern, oder besser gesagt, aufzubauen. Ein Antrag auf Genehmigung lag dem Stadtparlament vor. Der Hauptausschuß hatte sich schon damit beschäftigt. Wenn auch die Stadtväter nicht einzusehen vermochten, wozu ein Architekt in Waldstedt nötig war, so beschlossen sie doch, den Antrag befürwortend der Ratsversammlung vorzulegen. Es war ja schließlich der Sohn des Bürgermeisters, der ihn gestellt hatte. Möge er sehen, wie er dann nachher fertig würde. Postmeister a. D. Kuber hatte inzwischen bereits erfahren, daß der junge Petersen mit Baumeister Clasen zusammenarbeiten wollte. Er hatte dies pflichteifrig dem einen oder anderen Ratsmann berichtet. Schließlich gab die Stimme des Bäckermeisters Oldorf den Ausschlag.

„Laßt doch den Jungen. Er ist ein Waldstedter, da wird er es schon schaffen", meinte er und dachte dabei, daß es sowieso Zeit wäre, die Bäckerei gründlich umzubauen. Das wäre schon eine Aufgabe für den jungen Architekten.

Die Ratsmänner beschlossen einstimmig, den Vorschlag des Hauptausschusses anzunehmen.

Der Umbau des bürgermeisterlichen Wohnhauses konnte aber noch nicht in Angriff genommen werden, denn immer noch lag Frau Petersen krank und Schwester Liesel mußte die Wirtschaft führen. Sie tat es mit gleichbleibender Freude und Petersen senior und junior fühlten sich weiter sehr wohl dabei.

Claus fand genug Zeit, sich mit seinen Plänen zu beschäftigen und sie mit Baumeister Clasen zu besprechen. Der Baumeister war ganz verzweifelt, daß sein Kirchturm nicht fortschritt. Die Beschaffung der notwendigen Balken bereitete immer wieder neue Schwierigkeiten. Er hoffte, das Holz in Kürze zu bekommen. In einem kleinen Sägewerk hatte er endlich die richtigen, abgelagerten und getrockneten Eichenstämme entdeckt. Mit vieler Mühe war es ihm gelungen, den Sägemüller zu überreden, sie ihm zu verkaufen. Nein, es war wirklich nicht leicht gewesen. Einige Sack Zement waren im Tausch von Clasens Bauhof zur Sägemühle gewandert. Aber der neue Kaiserbalken wurde jetzt zugeschnitten. Der Kirchturm konnte seinen tragenden und stützenden Kern bekommen.

Über die Art und Weise, wie dieser neue Balken in den Turm eingezogen werden sollte, bestanden zwischen Baumeister Clasen und dem jungen Petersen große Meinungsverschiedenheiten. Clasen schwor auf seine alte, seit Jahrzehnten erprobte Methode, während Petersen diese nicht für richtig hielt und eine neuartige Lösung des Problems vorschlug. Clasen war nicht zu überzeugen und Petersen gab es auf, ihn zu überreden.

Inzwischen wandten auch die Bewohner von Waldstedt erneut ihr Interesse dem Kirchturm zu. Am Fuße der Schusterahle wurden immer mehr Balken abgeladen. Man konnte erkennen, daß sich hier neue Ereignisse anbahnten. Clasen hatte zu allem Überfluß von dem Erwerb der Eiche für den

Kaiserbalken erzählt. Die Freude über den gelungenen Kauf machte ihn redseliger als seinem Werk gut war. Aber „wes das Herz voll ist, des gehet der Mund über", steht bekanntlich schon in der Bibel. Warum sollte es Baumeister Clasen anders gehen?!

Die Waldstedter erfuhren auf diese Weise von dem schwierigen Vorhaben und machten sich so ihre eigenen Gedanken darüber. Es waren nicht nur die ängstlichen Gemüter, die neue Gerüchte über den gefährdeten Kirchturm verbreiteten. Auch Kaufmann Thomsen schaute wieder besorgt zu dem neuen, goldenen Hahn empor.

Dank der fürsorglichen Pflege ging es mit Frau Petersen wieder bergauf. Sie verließ schon täglich für ein Weilchen das Bett und setzte sich, geleitet von Schwester Liesel, in den sommerlich grünen Garten hinter dem Haus. Bald würde die Schwester ihre Aufgabe hier beendet haben.

Frau Petersen war zwar immer freundlich zu ihrer Pflegerin; für jeden aber war es deutlich, daß sie eine unsichtbare Schranke errichtet hatte. Oft wurde es ihr schwer, diese selbsterrichtete Schranke nicht zu durchbrechen. Aber sie meinte, sich selbst und allen Waldstedtern den notwendigen Abstand schuldig zu sein. Nur wenn sie sich unbeobachtet wußte, kam ein warmer, freundlicher Ton in ihre Unterhaltung.

Schwester Liesel bemerkte sehr wohl diese Zwiespältigkeit im Wesen der Frau. Sie ärgerte sich deswegen nicht. Sie empfand eher ein tiefes Mitleid für das, was eine falsche Erziehung zu einer Grundfrage des täglichen Lebens gemacht hatte. Die alternde Frau konnte sich von ihren Vorurteilen nicht mehr befreien. Die Not der Zeit war nicht in ihre Bürgerlichkeit gedrungen. Krieg, Bomben, Hunger waren Schemen eines fernen Geschehens geblieben. Auch Frau Petersen sah nur die Flüchtlinge, die Landfremden am Ziel einer Wanderung, sah nur die Armseligkeit ihrer äußeren Erscheinung. Sie sah aber nicht die endlose Straße, die sie gezogen waren, sah nicht die Toten, die an dieser Straße kein Grab hatten finden können. Ein äußerlich vorhandener Wohlstand war für sie das Faktum für die Bewertung des Menschen. So hatte man es sie gelehrt von Kindheit an. Der Bettler, der früher an ihr väterliches Haus klopfte, war für sie der Inbegriff von Faulheit und Trägheit gewesen. Ihre wohlbehütete Bürgerlichkeit gab ihr keine Möglichkeit in Not und Leid auch Schicksal zu sehen.

Schwester Liesel fühlte sich reich gegenüber dieser Frau. Schließlich war Frau Petersen doch auch die Mutter ihres Claus, der nun einmal zum Mittelpunkt ihres Denkens geworden war. Es war ihr deshalb leicht, von der überströmenden Fülle ihres inneren Reichtums abzugeben, ohne damit den Gedanken einer Gegengabe zu verbinden. Diese Selbstverständlichkeit des Helfens war es auch, was Frau Petersen dunkel empfand. Sie, die immer gewohnt war, alles zu bezahlen, was man ihr gab, stellte überrascht fest, daß sie Schwester Liesel nicht einmal mit Dank bezahlen konnte. Das ließ sie irre werden an ihrer bisherigen Lebensauffassung.

Aber Konvention, Erziehung und der Wunsch, den Schein der Bürgerlichkeit aufrechtzuerhalten, behielten doch schließlich die Oberhand. Frau Petersen vermochte auch nicht, zu der Natürlichkeit ihres Gefühls vorzudringen.

Aber all' diese Äußerlichkeiten erhielten einen empfindlichen Stoß, als eines Tages ein Ereignis eintrat, das nicht nur die Frau Bürgermeister erschütterte, sondern auch die ganze eingeborene Waldstedter Bürgerschaft in Aufruhr versetzte.

Inge Oldorf, die älteste Tochter des Bäckermeisters, heiratete. Das wäre an sich kein Grund zum Aufruhr gewesen. Inge Oldorf war hübsch, hatte viel Geld und war im heiratsfähigen Alter.

Aber es war eine Hochzeit, die dennoch beachtenswert war. Einmal kam sie sehr überraschend. Niemand hatte bisher ein Vorzeichen entdeckt. Eine Verlobung war nicht gefeiert worden, und - das Schlimmste - der junge Ehemann wohnte in der Kreisstadt und war, wie sich jetzt auch noch herausstellte, ein Flüchtling.

Inge Oldorf, des reichen Bäckermeisters älteste Tochter heiratete einen Landfremden! Die Katastrophe wurde aber erst vollendet, als durch eine Indiskretion des immer sehr gut informierten Postmeisters a.D. Kuber bekannt wurde, daß Inge Oldorf heiraten mußte. Der Storch hatte bei ihr angeklopft.

Die sittliche Entrüstung schlug haushohe Wellen in Küchen und Kaffeekränzchen. Inge Oldorf! Ein so gut erzogenes Kind! Nein, nein, Jugend kennt keine Tugend. Weder den landfremden Mann noch das zu erwartende Kind wollte man ihr verzeihen!

Der Schreck, den die Frau Bürgermeister ob dieser Kunde bekam, war groß. Sie dachte an den Pfingstspaziergang nach der Heeder Mühle und daran, daß sie seitdem oft mit dem Gedanken umgegangen war, daß Inge Oldorf die richtige Schwiegertochter für sie sein würde. Und jetzt dies?! Unfaßbar, nicht auszudenken. Wie konnte sich ein Waldstedter Mädel nur so vergessen. Siedend heiß überlief sie plötzlich der Gedanke, daß ihr Claus und Schwester Liesel ... Nein, nur das nicht! Die Idee war ihr so ungeheuerlich, daß sie es nicht wagte, sie weiterzuverfolgen.

Die Hochzeit wurde mit großem Aufwand gefeiert. Über 100 Personen saßen an der Festtafel, die im „Goldenen Löwen" aufgebaut worden war.

Es war alles vertreten, was Rang und Namen in Waldstedt hatte. Selbstverständlich auch der Bürgermeister und seine Frau. Claus war auch eingeladen worden. Er hatte es aber vorgezogen, zu verreisen. Er war uninteressiert an dieser Feier, zumal Liesel nicht eingeladen war.

Das Essen war vorzüglich. Der Kuchen und die Torten erinnerten an vergangene gute Zeiten. Frau Bürgermeister war begeistert. Der Bäckermeister hatte es sich etwas kosten lassen. Darüber vergaß man, daß Inge Oldorf heiraten mußte. Sie ging ja nun aus Waldstedt weg. Man empfand die ganze Angelegenheit deshalb plötzlich auch gar nicht mehr als so sensationell. Instinktiv fühlte man auch, daß man durch die Annahme der Einladung zu dieser Hochzeitsfeier sich das Rechtes begeben hatte, sittlich entrüstet zu sein. Man erkannte also den Zustand, in dem Inge Oldorf sich befand, stillschweigend an.

Auch dem Bäckermeister gegenüber schien ein stilles Einverständnis angebracht. Als Vorsitzender der Wohnungskommission, die über das Wohl und Wehe traditioneller „Guter Stuben" entschied, hatte er einen langen Arm. Die Aufregung ebbte also schnell wieder ab. Selbst Frau Petersen, die anfangs die Einladung spontan ablehnen wollte, fand sich in die Lage hinein und beruhigte sich.

Die Männer standen nach der gemeinsamen Tafel an der Theke und tranken zufrieden einen Schnaps nach dem anderen. Ihre Frauen rätselten inzwischen über die nächste Hochzeit.

Es fehlte dabei nicht an Anspielungen auf Claus und Schwester Liesel. Frau Bürgermeister überhörte diese Vermutungen aber geflissentlich.

*

Kröger Bergmüller konnte den Verlust der drei Flaschen Rum nicht verwinden. Wenn der Bäckermeister damit auch recht hatte, daß es sich um alte Ware aus der Vorkriegszeit handelte. Aber schließlich wollte der Wirt doch ein Geschäft damit machen. Diese Wette - sicher war wieder der Bäckermeister ihr Anstifter - machte ihm einen bösen Strich durch die Rechnung.

Aber war es wirklich ein Verlust? Oh, nein - so schnell gab sich der Gastwirt vom Holstenkrug nicht geschlagen! Noch war ja die Wette nicht entschieden. Sicher würde der Kirchturm umfallen. Bergmüller zweifelte nicht daran, weil er etwas anderes nicht glauben wollte. Es war ihm gleichgültig, auf welches Haus der Turm fallen würde, wenn er nur sein Geld bekäme.

Das Geld - das Geld! Einen anderen Gedanken konnte er nicht fassen.

Wenn nun aber der Kirchturm nicht fallen würde?! Dann - ja dann war das Geld verloren. Er würde neben dem Schaden noch den Spott zu tragen haben. Er könnte ja das Geld einklagen. Doch das würde bedeuten, daß er dann auch gleich sein Geschäft schließen könnte. Kein Waldstedter käme jemals wieder in seine Gaststube. Ja, dann wäre alles verloren.

Alles?

Auch das Geld?

Der Kröger stand vor seiner Haustür. Die Hände hatte er tief in die Hosentaschen vergraben. Er sann seinem Gelde nach. Sein Blick ging zum Kirchturm. Wann würde die Schusterahle umstürzen?

„Mahlzeit, Herr Bergmüller."

Der Angeredete schrak zusammen.

„Ach, Sie sind's, Herr Rosenow. - Ich habe Sie ja schon so lange nicht mehr gesehen."

Rosenow blieb stehen.

„Na ja, ich habe jetzt Arbeit."

„Nun, da gratuliere ich. Wo arbeiten Sie denn?"

„Beim Kirchturm."

Bergmüller stöhnte leise. Schon wieder der Kirchturm! Immer nur der Kirchturm! Er schüttelte sich. Es war anstrengend, Gastwirt zu sein. Das Geschäft - - richtig, das Geschäft. Der Rosenow brachte doch früher so manche Flasche Schnaps, den er gebrannt hatte. Es war vorteilhaft bei ihm zu kaufen. Die anderen Schwarzbrenner verlangten mindestens den doppelten Preis.

„Ich könnte mal wieder etwas Schnaps gebrauchen", meinte er.

Rosenow zögerte.

„Natürlich, natürlich, auf der Straße soll man so etwas nicht besprechen", sagte Bergmüller und bat den Arbeiter einzutreten.

Rosenow konnte der freundlichen Aufforderung nicht widerstehen. Eigentlich wollte er ja den Holstenkrug nicht mehr betreten. Er hatte es doch dem Pfarrer versprochen. Aber schließlich mußte er dem Wirt sagen, daß er es aufgegeben hatte, in den Nächten Verbotenes zu tun. Das konnte man wirklich nicht auf der Straße sagen.

Eilfertig goß der Wirt einen Schnaps ein.

„Auf meine Rechnung", sagte er. „Also, wie ist es mit einer Lieferung."

„Ich brenne nicht mehr", antwortete der Arbeiter.

„Warum das?" fragte der Wirt erstaunt, „haben Sie Angst? Brauchen Sie kein Geld mehr? Denken Sie doch einmal an das schöne Geld, das Sie dabei verdient haben ..."

„Das stimmt", nickte Rosenow, „aber ich will nicht mehr, ich arbeite jetzt."

„Ja, ich weiß, beim Kirchturm. Da können Sie doch lange nicht so viel verdienen."

„Clasen hat mir Baumaterial versprochen."

„So, wollen Sie bauen?"

„Ich möchte wieder ein eigenes Häuschen haben."

„Dazu brauchen Sie doch erst recht Geld."

„Trotzdem, ich brenne nicht mehr. Die Polizei - -"

„Also doch Angst", sagte der Wirt und goß wieder einen Schnaps ein.

Er überlegte: Brennen will der Rosenow nicht mehr, aber bauen will er, und dazu gebraucht er Geld. Ich will auch mein Geld haben. Er arbeitet beim Kirchturm. Beim Kirchturm, beim Kirchturm. Und der Kirchturm muß fallen! Muß fallen!

Halt! Könnte Rosenow dabei nicht helfen? Schnell goß Bergmüller ihm noch einen Schnaps ein. Jeder Mensch ist käuflich. Es kommt nur auf den Preis an. Den Preis! Was könnte er Rosenow bieten? Er will doch bauen. Ob er schon einen Bauplatz hat? Den könnte er ihm bieten.

Dabei dachte der dürre Kröger an das Landstück, das ihm bei einer Erbauseinandersetzung zugefallen war. Nur Steine wuchsen darauf. Sie waren zu nichts zu gebrauchen, diese 500 Quadratmeter. Sie lagen auch viel zu weit von der Stadt entfernt.

Wenn er dem Arbeiter diese Fläche schenken würde, damit der Kirchturm bestimmt umfiele? Schenken? Nein, schenken nicht - aber er könnte es ihm auf viele Jahre billig verpachten. Vielleicht für 10,- Mark Pacht im Jahr.

Das war der richtige Gedanke! Der Wirt rieb sich die Hände. Er zog seinen Stuhl dicht an den Rosenows heran. Mit der rechten Hand schob er die Schnapsflasche dem Arbeiter zu, hielt sie aber wie schützend umfaßt.

Von Zeit zu Zeit füllte er das Glas. Rosenow hatte lange keinen Alkohol mehr getrunken. Der ungewohnte Genuß ließ ihn alle Vorsätze vergessen. Er hörte nur, wie sein Gegenüber in lebhaften Farben ein Haus - sein Haus - malte, viel schöner, als er es sich selber bereits vorgestellt hatte.

Was erzählte der alte Geizkragen da jetzt vom Kirchturm? Rosenow hörte die Worte wohl, aber ganz so schnell faßte er sie nicht, wie der Wirt sprach ... „der Turm muß umfallen!" - Meinetwegen, dachte Rosenow. - - -

Und ich soll dafür sorgen?

Bergmüller ließ nicht locker. „Denken Sie an das Häuschen, das Sie bauen wollen!"

Nein, das soll nicht umfallen!

Denn schon lieber der Turm!

Die Gedanken des Arbeiters, der nie schnell und klar hatte überlegen und entscheiden können, waren unter dem Einfluß des ungewohnten Alkohols noch schwerfälliger und

122

unsicherer geworden. Das Häuschen, das nun so greifbar nahe schien, übertönte alles.

Die Flasche war leer geworden.

Rosenows Gedanken waren nur noch Bruchstücke.

Der Turm soll ... nein, das Haus soll nicht umfallen, das will ich ja erst bauen!

Der Mann hört die Stimme des Wirts wie aus der Ferne: „Haus oder Kirchturm?"

Eine knochendürre Hand streckt sich ihm entgegen, ein Totenkopf grinst ihn an:

Rosenow gab sich einen Ruck, er war doch ein Kerl! Seine Rechte schlug in die des Wirts.

Für ihn das Land, wenn der Kirchturm fällt.

Der Kirchturm wird fallen!

✳

Claus saß wieder an seinem Reißbrett. Doch diesmal beschäftigte er sich nicht mit Plänen für kleine Wohnhäuser, diesmal lagen alte Bauzeichnungen des elterlichen Hauses um ihn herum. Das Entwurfspapier auf dem Reißbrett zeigte den äußeren Grundriß des Gebäudes. Die tragenden Wände waren ebenfalls eingezeichnet. Nun suchte er Wege, wie der vorhandene Raum am besten und praktischsten aufgeteilt werden könnte. Das neue Arbeitszimmer, das für ihn entstehen sollte, mußte viel Licht und Sonne erhalten. Es mußte auch groß genug sein, um zur gegebenen Zeit nicht nur als Arbeitszimmer zu dienen. Es war nicht leicht, sofort eine gute Lösung zu finden.

Seine Mutter, die ihm eben ausführlich von der großartigen Hochzeitsfeier der Bäckermeisterstocher erzählt hatte, war zu ihrem allwöchentlichen Kaffeekränzchen gegangen, dem sie solange hatte fernbleiben müssen.

Der Bürgermeister war auf dem Rathaus. Dort tagten die Stadtväter und berieten über das Wohlergehen der Stadt und des Einzelnen, nicht zuletzt auch über ihr eigenes. Claus war allein und sinnend schaute er zum Fenster hinaus. Da sah er plötzlich Liesel draußen vorbeigehen. Natürlich schaute sie in das Fenster. Rasch winkte er sie heran. Sie kam ihm gerade wie gerufen. Nach ausführlicher Begrüßung, die bei allen Liebesleuten die gleiche zu sein pflegt, zeigte er ihr seine Arbeit.

„Was wird das?" fragte Liesel.

„Unsere Wohnung", antwortete er.

„Unsere Wohnung?" Liesel sah ihn erstaunt und fragend an.

„Ja", sagte er. „Unsere Wohnung, jetzt aber erst mein Arbeitszimmer."

„Sieh mal", fuhr er fort, und zeigte auf die Zeichnung, „hier muß mein Arbeitszimmer her. Und dort wird unser Schlafzimmer entstehen. Die Küche muß Mutter auch noch opfern, die brauchen wir."

Liesel lachte. „Du hast Pläne. Darf ich den Herrn Architekten mal fragen, wie er sich das mit dem Heiraten denkt?"

„Sehr einfach. Wenn der Umbau beendet ist, wird geheiratet."

„So? Und was sagen Deine Eltern?"

„Ja und Amen, wenn es so weit ist."

„Du bist ein unverbesserlicher Optimist. Meinst Du, daß Deine Mutter ..."

„Ja, auch sie wird damit einverstanden sein. Weißt Du, die Hochzeit der Inge Oldorf hat ihre Ansichten stark erschüttert."

Liesel schüttelte zweifelnd den Kopf.

„Du brauchst gar nicht zu zweifeln. - Also jetzt sag', wie Du es haben willst. Ich biete Dir eine einmalige Gelegenheit, Deine künftige Wohnung selber zu entwerfen."

„Kann man denn nicht diesen großen Flur irgendwie ausnützen?" fragte Liesel.

„Donnerwetter", rief Claus, „komm' her Mädchen, dafür bekommst Du einen Extrakuß. Daß ich daran nicht gedacht habe! Natürlich kann man das. Wir legen den Hauseingang einfach an die Seite. Da ist noch genug Platz." Mit schnellen Strichen skizzierte er den Gedanken.

„Du bist doch ein schlauer Kopf, Strolch", rief er. „Das ist die Lösung. Sieh' mal so. Er zeigte ihr die Skizze. Jetzt habe ich das Arbeitszimmer so groß, wie ich es wollte. Es soll doch auch gleich unser Wohnzimmer sein."

„Und wo willst Du nun Deine Eltern unterbringen?"

„Aufs Altenteil", antwortete er lachend. „Das ganze Dachgeschoß wird ausgebaut. Da entstehen zwei kleine Wohnungen. Eine für meine Eltern, die andere für die Flüchtlinge."

„Dann geht aber der ganze Bodenraum verloren", sagte Liesel und dachte dabei an eine große Kiste, in der man sehr lange einen Grießbeutel gesucht hatte.

„Das macht nichts. Über der Werkstatt auf dem Hofe läßt sich dieser Raum sehr gut schaffen."

Claus hantierte mit Zirkel und Lineal am Reißbrett. Er war so sehr in seine Arbeit und neue Gedanken vertieft, daß er gar keine Zeit hatte, sich mit der gewohnten Ausführlichkeit von seinem Kerlchen zu verabschieden.

Nach dem Abendbrot erklärte er den Eltern seine Umbaupläne. Der Bürgermeister meinte zwar, daß das Arbeitszimmer etwas reichlich groß sei. Aber Frau Petersen war viel zu stolz auf ihren studierten Sohn, um dies Argument gelten zu lassen. Sie war auch damit einverstanden, daß Claus ihr Schlaf- und Wohnzimmer in das Dachgeschoß verlegen und nur noch das Büro ihres Mannes im Erdgeschoß lassen wollte.

„Selbstverständlich muß der Junge neben seinem Arbeitszimmer auch schlafen", sagte sie.

Der Glasermeister war's zufrieden. Sein Reich war die Werkstatt auf dem Hof. Und die blieb ja, wie sie war. Frau Petersen war auch sehr mit dem schönen Nebenraum einverstanden, der oben entstehen sollte. Sie sah das Lächeln ihres Sohnes nicht, als sie davon sprach und ahnte nicht, daß dieser Nebenraum eigentlich ihre neue Küche werden sollte. Claus hütete sich wohl, sie aufzuklären.

Am nächsten Tage schon sprach Claus mit dem Baumeister über den Umbau; Clasen war gern bereit, die Arbeit zu übernehmen, und sie so schnell wie möglich zu beenden. Erst aber müßte Claus versuchen, die Baugenehmigung zu erhalten. Für das Baumaterial würde er schon sorgen. Darüber brauche Claus sich keine Kopfschmerzen zu machen. Für gute Freunde wäre immer noch etwas da.

Claus ging zum Rathaus und holte sich einen ganzen Berg Formulare, die sorgfältig ausgefüllt werden mußten. Es dauerte Tage, bis er sich durch diesen Berg hindurchgefressen hatte und seufzend fragte er sich, ob man heute wohl mit Papier baue statt mit Steinen, Zement und Kalk. Als er schließlich Formulare und Zeichnungen wieder im Rathaus abliefern wollte, gab der Leiter des Bauamtes ihm manches Blatt wieder zurück, weil er es doch falsch ausgefüllt hatte.

Immerhin war Claus froh, daß er hier nicht auch noch stundenlang in einer Schlange stehen mußte, bis er zu dem allgewaltigen Dienststellenleiter vorgelassen wurde. Er kannte diese leidige Schlange schon gut genug von seinen Besuchen bei den Behörden in der Kreisstadt.

Als schließlich alle Formulare die gnädige Zustimmung des heiligen Bürokratismus gefunden hatten, machte Claus drei Kreuze und ließ sie ihren Instanzenweg ziehen. Durch einige großzügig gespendete Zigaretten versuchte er, ihren Lauf zu beschleunigen. Ob es ihm gelang? Er kümmerte sich jedenfalls nicht weiter darum, sondern ging kurz entschlossen zur Tat über und ließ erst einmal das erforderliche Baumaterial auf den Hof seines elterlichen Hauses anfahren. Das Eine oder Andere mußte noch besorgt werden. Er wollte erst anfangen, wenn alles vorhanden war. Vielleicht würde inzwischen auch die Baugenehmigung erteilt werden. Diese

Auffassung bewies zwar den optimistischen Charakter des jungen Architekten, zeigte aber auch, daß er immer noch nicht den Sinn eines modernen Behördenapparates begriffen hatte.

Claus ließ sich aber deswegen keine grauen Haare wachsen. Die sommerliche Hitze nutzte er mit seiner Liesel dazu aus, im Heeder See zu baden oder an seinen Ufern in der Sonne zu liegen und sich braun brennen zu lassen.

Die Heederau, das kleine Flüßchen, das die Stadt durchfloß, verbreiterte sich außerhalb Waldstedts zu einem kleinen See. In früheren Jahren hatten weise Stadtväter die Gelder bewilligt, um diesen See zu vergrößern. Man konnte ihn sogar mit den Kähnen der Bootsvermietung Penzler befahren. Genügend weit vom Ufer entfernt lag eine kleine, mit Birken und Erlen bewachsene Insel, die allenthalben nur die Liebesinsel hieß. An Sonntagen konnte sie allerdings weniger ihren eigentlichen Zweck erfüllen. Dann waren See, Strand und der nahegelegene Wald überschwemmt von lärmenden, lachenden Menschen.

Claus und Liesel zogen es vor, an Feiertagen den See zu meiden. Ihr Plätzchen auf der Liebesinsel überließen sie dann gern anderen. Ihnen war es lieber, wenn am Alltag nur Bienen, Amseln und grüne Birkenzweige ihnen zusahen. Für Liesel war es oft nicht leicht, Zeit für diese stillen Stunden zu finden. Aber Claus gab nicht eher Ruhe, bis sie sich wieder an der Bootsbrücke trafen und zu ihrer Insel hinausruderten.

Der alte Penzler hatte Verständnis für diese lieben jungen Menschen. Er war in der Welt herumgekommen und hatte viele Menschen, Länder und Meere gesehen. Nur zu gerne erzählte er die Geschichte, als er damals mit der Viermastbark beinahe bei Kap Horn ersoffen wäre. Claus und

Liesel ließen sich diese Abenteuer in aller Ausführlichkeit erzählen und hatten dadurch das Herz des alten Seemanns für sich gewonnen.

Er war es auch, der sie auf die kleine Insel aufmerksam machte. Das wäre der schönste Platz am ganzen See. Und wenn sie allein sein wollten, dort wären sie es. Er würde schon dafür sorgen.

Lachend nickte Claus. Liesel blickte krampfhaft auf den See hinaus.

Penzler hielt Wort. Nie wurden die beiden auf ihrer Insel gestört. Die Boote waren einfach nicht fahrbereit, wenn Kunden kamen, von denen der Alte annahm, daß sie vielleicht auch zur Insel hinüberrudern könnten. Der frühere Steuermann der Viermastbark „Maria Magdalena" hatte einen guten Blick dafür.

Und Claus ein offenes Portemonnaie.

✳

Herr Petersen stand vor dem Spiegel in seinem Schlafzimmer und versuchte schimpfend und ungeschickt sich den steifen Kragen umzubinden. Es war eine Sisyphusarbeit für ihn. Und das, weil seine Frau es sich in den Kopf gesetzt hatte, das Theater in der Kreisstadt zu besuchen, das während der Sommermonate ab und zu einmal aus Hamburg herüberkam.

Das war gute alte Waldstedter Tradition, in die Kreisstadt zu fahren, um zu beweisen, daß man Interesse an kulturellen Dingen hatte. Auf bunten Plakaten, die seit mehreren

Tagen überall in den Schaufenstern des Städtchens hingen, war „Die spanische Fliege" angekündigt. Der Bürgermeister war ehrlich genug, sich zu gestehen, daß ihm dieser Titel nichts sagte. Aber immerhin söhnte ihn die weitere Ankündigung, daß es sich um einen Schwank handele, mit diesem Besuch aus.

Im vorigen Jahr hatte man irgendeine Oper gesehen mit viel Musik. Am Schluß stand nur noch einer auf der Bühne und sang, alle anderen waren tot. Nein, das war nichts für ihn. Diese viele Musik! Die hätte man auch im Radio haben können. Er empfand den kulturellen Drang seiner Ehehälfte damals übertrieben.

Diesmal wollte Frau Petersen gar schon am Vormittag fahren, um noch allerlei Besorgungen und Besuche in der Kreisstadt zu machen. Schweren Herzens hatte er nachgegeben und nun stand er schwitzend vorm Spiegel.

Mit Schaudern dachte er daran, daß er bei dieser sommerlichen Wärme den ganzen Tag mit dem schwarzen Anzug und den gestreiften Hosen herumlaufen müßte. Er würde den Rock bei seinen Berufsfreunden, die er aufsuchen wollte, über die Stuhllehne hängen. Das nahm er sich vor. Jetzt band er zum fünften Mal die Krawatte neu.

Da erschien seine Frau.

„Du bist ja immer noch nicht fertig, Petersen", rief sie.

„Doch, doch", brummte er.

Immer dies entsetzliche Drängen, dachte er. Dabei ist sie auch noch gar nicht so weit. Noch nicht mal das Kleid hatte sie an, läuft da noch im Unterrock herum. Petersen hütete sich wohl, seine Gedanken laut werden zu lassen. Eine bald 40jährige Eheerfahrung hatte ihn in diesen Fällen Schweigen gelehrt.

Frau Petersen holte sich das gute schwarzseidene Kleid aus dem Schrank und verhüllte ihre nicht mehr ganz jugendlich wirkenden Proportionen.

Sie gingen zum Bahnhof. Schnaubend, pustend und schwitzend der Bürgermeister, immer wieder nach dem furchtbaren Kragen greifend; stolz und selbstbewußt gleich einer Fregatte durch die Straßen segelnd, die Frau Bürgermeister.

Es war noch fast eine Viertelstunde bis zum Abgang des Zuges. „Kuddel Waldstedt" stand schon am Bahnsteig. Frau Petersen mußte schnell noch einmal in dem neuen, eben fertiggestellten Häuschen verschwinden. Die Aufregung war wohl schuld daran. Als eine Frau, die unbedingt sichergehen will, fragte sie noch schnell den Mann mit der roten Mütze, ob sie wohl dazu - und sie zeigte auf das gewisse Häuschen - noch Zeit hätte. Er bejahte. Während der Bürgermeister den Zug bestieg und sich aufatmend auf der Bank niederließ, verschwand seine Frau hinter der neuen Tür, die ein Herzchen zierte. Das Schloß schnappte ein und Frau Bürgermeister stellte den dafür vorgesehenen Riegel auf „Besetzt".

Zwei Minuten waren vergangen. Frau Petersen wollte ihren stillen Winkel wieder verlassen. Aber soviel sie auch rüttelte, der Riegel gab nicht nach, wollte sich nicht auf „Frei" stellen lassen. Verzweifelt versuchte sie es immer wieder. Mit Schrecken dachte sie an den Zug, der bald abfahren würde. Mit aller Kraft warf sie sich gegen die Tür und achtete nicht ihres guten schwarzen Kleides. Aber die Tür gab nicht nach. Herrgott, was nun?

Angstvoll blickte Frau Petersen um sich. Dort, das kleine viereckige Fenster! Man müßte rufen, damit ihr von draußen Hilfe käme. Aber die Menschen, die Blamage. Noch einmal rüttelte sie an dem Riegel. Das war auch so eine neumodische Erfindung. Er blieb wie er war auf „Besetzt" stehen. Also doch nur das Fenster.

Frau Petersen schloß die Augen und atmete tief. Dann öffnete sie entschlossen das Fenster und rief nach dem Schaffner, den sie draußen gemächlich in der Sonne stehen sah. Langsam drehte er sich um und suchte die Ruferin. Als er die Frau Bürgermeister im Fenster erkannte, ging ein breites Lächeln über sein Gesicht.

„Na, was gibt's denn, Frau Bürgermeister", fragte er.

„Nun fragen Sie nicht, kommen Sie mir lieber helfen", tönte es aus dem Fenster.

„Ist Ihnen denn was passiert?" Der Schaffner lachte. Als er das wütende Gesicht sah, ging er gemächlich auf das Häuschen zu und ließ sich erklären, was geschehen war. Aber auch er versuchte vergeblich, die Tür zu öffnen.

„Warten Sie, ich hol' Hilfe und Handwerkzeug", rief er.

Angstvoll blickte Frau Petersen ihm durch das Fenster nach.

„Mein Zug, mein Zug", flehte sie hinter ihm her.

Da sah sie, wie der Mann mit der roten Mütze nun schon mit der Kelle in der Hand erschien. Sie rief ihn an. Er kam und ließ sich eingehend alles erklären. Da erschien auch der andere Schaffner wieder. Vereint versuchten sie mit Hammer und Zange das Schloß zu öffnen.

Erfolglos.

Die Tür blieb verschlossen.

„Ja", sagte der Mann mit der roten Mütze, „das hilft nun nichts; da müssen wir einen Schlosser holen. Sie müssen noch ein bißchen warten, Frau Petersen."

„Aber der Zug?"

„Der muß jetzt abfahren. - Aber das ist doch nicht schlimm", fuhr der Mann mit der roten Mütze fort, als er ein zu Herzen gehendes Seufzen hinter der Tür hörte, „in zwei Stunden fährt wieder einer."

Die beiden Helfer entfernten sich und überließen vorerst die völlig geschlagene Frau Bürgermeister ihrem Schicksal. Der Schaffner bestieg den Zug. Der Mann mit der roten Mütze nahm Hammer und Zange an sich, hob die Kelle und schnaubend und pustend setzte sich „Kuddel" in Bewegung. Frau Petersen sah alles durch das Fenster.

Der Bürgermeister aber bemerkte von all' dem nichts. Er war sanft in seiner Ecke entschlummert. Erst als der Zug mit heftigem Ruck anfuhr, wachte er auf und vermißte seine Ehehälfte.

Sie wird irgendwo anders eingestiegen sein, tröstete er sich und schlief weiter.

Als der Schaffner durch den Wagen kam und - weil er die Fahrkarten kontrollieren wollte - den Bürgermeister erneut aus Morpheus' Armen riß, fragte dieser ihn, ob er nicht seine Frau gesehen hätte. Und weil es derselbe Schaffner war, der vergeblich die Befreiung der Frau Bürgermeister versucht hatte, konnte er auch Auskunft geben. Mit aller Ausführlichkeit berichtete er. Ein Schmunzeln ging dabei über sein Gesicht. Die unfreiwilligen Zuhörer kicherten.

Da lachte auch der Bürgermeister.

Geschieht ihr recht, dachte er, geschieht ihr recht. Was schleppt sie mich auch in die Stadt. Er faßte sich an den Vatermörder und zog energisch den Schlips zurecht. Soll sie sehen, wie sie rauskommt. Ich fahre doch ins Theater.

Derweilen bemühte man sich sehr ernstlich um das Wohlergehen der Eingeschlossenen. Ein Schlosser war geholt worden. Aber auch er bemühte sich vergeblich, die Tür zu öffnen. Also mußte es von innen gehen.

Unter der tatkräftigen Hilfe des recht zahlreichen Publikums, das sich inzwischen angesammelt hatte, kletterte er nun von außen durch das kleine Fenster zu der völlig zermürbten Frau Petersen hinein.

Einige kräftige Hammerschläge brachten den störrischen Riegel wieder zur Vernunft. Er gab nach, die Tür öffnete sich und am Arm des Schlossers wankte die Frau Bürgermeister ins Freie.

Als sie aber die Menschen sah, straffte sie sich und mit erhobenem Haupte rauschte sie durch die schmunzelnde, kichernde und lachende Menge. Erst als sie wieder zu Hause war, verlor sie ihre mühsam behauptete Haltung; setzte sich auf einen Stuhl und weinte.

Die Lust zum Theaterbesuch war ihr gründlich verleidet.

Unter den Zuschauern dieses eigenartigen Schauspiels befand sich zum weiteren Unglück der schon so Leidgeprüften auch der Postmeister Kuber. Und dieses Lokalblatt sorgte dafür, daß schnellstens ganz Waldstedt von der neuen Sensation Kenntnis erhielt.

Der Herr Bürgermeister Petersen, schadenfroh in sich hineinlachend, war in der Kreisstadt zu verschiedenen Berufsfreunden gegangen, hatte hier und dort ein kleines Schnäpschen genehmigt, war auch zu einem guten Mittagessen eingeladen worden und schließlich am Abend richtig ins Theater gegangen. Es hatte ihm sehr gut gefallen. Schmunzelnd und mit sich und der Welt zufrieden, war er mit dem letzten Zuge wieder nach Waldstedt zurückgefahren, entschlossen, sich durch keine Gardinenpredigt aus seiner Behaglichkeit reißen zu lassen.

Als er sein eheliches Schlafgemach betrat, lag seine Frau bereits im Bett. Sie schlief noch nicht und fragte nur:

„War's schön?"

„Ach, es ging. Nichts besonderes sonst", antwortete Petersen. Er hütete sich, seine wahre Meinung über den Theaterbesuch und über den ganzen Tag überhaupt zum Ausdruck zu bringen. Seine Frau war mit der Antwort zufrieden.

Auf ihr Mißgeschick ging sie nur mit den Worten ein:

„Du wirst ja sicher gehört haben, was los war."

„Ja", sagte er, „ich weiß."

Damit war das Thema erschöpft.

Nach einer Weile fragte er: „Ist Claus schon zu Hause?"

„Ja," sagte Frau Petersen leise, „er war wohl mit Schwester Liesel im Kino."

Als Herr Petersen dies hörte, verschlug es ihm für den Rest der Nacht die Sprache. Nicht, daß er etwa wütend geworden wäre ob dieses gemeinsamen Kinobesuches. Nein, noch im Einschlafen wunderte er sich über die ungewöhnliche Haltung seiner Frau. Ihr Mißgeschick mußte sie ja wirklich schwer mitgenommen haben.

*

Und es war in der Tat so, Frau Petersen nahm in den nächsten Tagen kaum noch Anteil an dem Geschehen in Waldstedt und mied sogar ihr geliebtes Kaffeekränzchen. In dieser selbstgewählten Zurückhaltung wurde sie auch nicht gewahr, daß sich um den Kirchturm neue aufregende Dinge ereigneten, hinter denen ihr eigenes Schicksal in den Gemütern ihrer Mitmenschen verblaßte.

Bevor sie aber selber wieder in den Strudel der Ereignisse hineingezogen wurde, erhielt sie einen Besuch, den sie wirklich am wenigsten erwartet hatte. Frau Petersen war nach dem Mittagessen gerade mit dem Aufräumen der Küche fertig geworden und überlegte, ob sie sich eine gute Tasse Bohnenkaffee leisten sollte, als plötzlich Hauptpastor Naßler an die Wohnungstür klopfte.

Wahrlich, das war ein seltener Besuch. Es war eigentlich nur üblich, bei ganz besonderen Anlässen den Pastor bei sich zu sehen. Sicher, zu den Armen in der Bevölkerung kam er öfter. Bei den Honoratioren der Stadt - und zu denen gehörte schließlich auch die bürgermeisterliche Familie - pflegte er nur selten zu erscheinen. Frau Petersen fragte sich vergeblich nach dem Anlaß dieses Besuches und nötigte den Pfarrer mit freundlichen und ehrerbietigen Worten, auf dem Sofa in der guten Stube Platz zu nehmen.

Hauptpastor Naßler war tatsächlich aus besonderem Anlaß erschienen. Lange hatte er den Besuch im Drange der Geschäfte aufgeschoben. Vor wenigen Tagen erst war er durch den jungen Tomescheit und Studienrat Poppendorf an den Fall Claus Petersen und Schwester Liesel erinnert worden. Er mußte versprechen, seinen seelsorgerischen Einfluß vor allem auf die Frau Bürgermeister geltend zu machen und sie zu einer Änderung ihrer Haltung zu bewegen.

Er gab diese Zusage um so lieber, als er sich schon am Bette des verunglückten Tomescheit vorgenommen hatte, helfend einzugreifen. Nun erzählte ihm seine Frau von dem komischen Mißgeschick der Frau Petersen, über das ganz Waldstedt lachte. Vielleicht, so überlegte er, würden jetzt seine vermittelnden Worte auf einen besonders gutbereiteten Boden fallen.

Das Gespräch kam nur stockend in Gang. Der Pfarrer wußte nicht, wo er am besten den Hebel ansetzen sollte und wollte erst abwartend die augenblickliche Gemütsverfassung der Glasermeisterfrau zu erkennen versuchen. Frau Petersen dagegen war durch die Anwesenheit des geistlichen Herrn schon beeindruckt, dazu kam ihr gedrücktes Wesen, kurzum, sie war zu befangen, um selbst das Gespräch beginnen zu können.

Der Pastor half sich deshalb, wie stets in solchen Fällen, mit einer Unterhaltung über das Wetter, dem sich eine ausgiebige Besprechung der augenblicklichen Ernährungslage anschloß.

Frau Petersen begann aufzutauen und wurde redseliger. Erst als rein zufällig die Rede auf die schlechten Verkehrsverhältnisse zur Kreisstadt kam, wurde die Bürgermeistersfrau erneut verlegen und einsilbig.

Da merkte der Pastor, wo seinem Gegenüber der Schuh drückte. Er beschloß deshalb, gerade von diesem Mißgeschick zu sprechen. Er tat es mit behutsamen Worten, die gleichzeitig so tröstend und voll warmen menschlichen Verstehens waren, daß Frau Petersen im Innersten gerührt war und nunmehr ihrerseits den ganzen Hergang ihres Eingeschlossenseins eingehend berichtete. Ihr wurde richtig leicht ums Herz, als sie endlich einmal sich ihre Last von der Seele reden konnte, ohne Gefahr zu laufen, schadenfroh ausgelacht zu werden.

Sein eigentliches Anliegen hatte der Pastor immer noch nicht anbringen können, doch er verstand es, sich in Geduld zu fassen.

Frau Petersen, froh über dieses Gespräch, lief, sich eilig für einen Augenblick entschuldigend, in die Küche, wo das Kaffeewasser schon heftig brodelte. Sie tat noch schnell einige Löffel Kaffee mehr in die große geblümte Kanne, goß das Wasser darüber und erschien gleich darauf wieder mit einem Tablett in der Hand im Wohnzimmer.

Der Pastor wollte erst die freundliche Einladung zu einer Tasse Kaffee nicht annehmen, konnte aber schließlich dem verführerischen Duft, der ihm lieblich in die Nase stieg, nicht widerstehen.

„Der Kaffee ist doch nicht etwa schwarz gekauft?" fragte er, getreu seinen Amtspflichten.

„O nein, er ist aus einem Carepaket", wurde ihm errötend zur Antwort.

Hauptpastor Naßler konnte sich allerdings nicht erinnern, daß die Familie des Glasermeisters Verwandte in Amerika hatte, aber, an den Zweck seines Besuches denkend, verzieh er lächelnd mit einer Handbewegung diese kleine Notlüge.

Der Kaffee stammte aber wirklich aus einem Carepaket.

Nun wurde es aber doch langsam Zeit, auf Schwester Liesel zu sprechen zu kommen. Er beschloß, mit der jüngst überstandenen Krankheit der Frau Bürgermeister zu beginnen.

Und richtig, das Gespräch kam sehr schnell auf die Schwester. Mit freudigem Erstaunen stellte er fest, daß durchaus keine persönliche Abneigung gegen die Schwester bestand. Den „Flüchtlingskomplex", der ihm auch hier entgegentrat, würde er schon bezwingen, wohl wissend, daß mit einem Streich noch keine Eiche fällt.

Er wußte allerdings nicht, daß diese Eiche schon manchen Streich erhalten hatte.

Eingehend berichtete er von seinen persönlichen Erfahrungen mit der Familie Tomescheit und wußte auch manches gute Beispiel aus anderen Flüchtlingsfamilien zu erzählen. Schließlich erwähnte er die nützliche und segenstiftende Tätigkeit Schwester Liesels, um sich gleich anschließend nach dem Wohlergehen des Sohnes Claus zu erkundigen.

Er verabschiedete sich schließlich mit der Bemerkung, daß Schwester Liesel und Claus ein sehr gutes Paar abgeben würden.

Seine Äußerung blieb unwidersprochen.

$$*$$

Baumeister Clasen aber hatte jetzt andere Sorgen als sich um Stadtklatsch oder Heiratspläne zu kümmern. Die fertig zugeschnittenen Balken waren angekommen. Das anhaltend schöne Sommerwetter begünstigte sein Vorhaben, jetzt auch den Kaiserbalken im Kirchturm auszuwechseln.

Er gab also den Auftrag, die alten morschen Balken auszubauen. Noch war diese Arbeit nicht beendet, als sich sofort wieder die ängstlichen Gemüter der Stadt beunruhigten.

Kaufmann Thomsen und Bäckermeister Oldorf schauten mehr denn je besorgt nach dem neuen Wetterhahn und diskutierten erneut eifrig die Möglichkeiten, die sich bei einem eventuellen Einsturz des Kirchturmes für sie ergeben könnten. Bäckermeister Oldorf bewahrte aber auch hier seine stadtbekannte Ruhe. Sein beachtlicher Leibesumfang hinderte ihn einfach daran, sich über Gebühr aufzuregen.

Ganz anders der kleine, zapplige Thomsen. Er wurde täglich nervöser. Einmal lag sein Haus dem Turm viel näher als das des Bäckermeisters, zum andern war er den pessimistischen Ansichten seiner Mitbürger, vor allem denen des Postmeisters Kuber, viel zugänglicher.

Frau Petersen merkte von all' dem sehr wenig. Sie glaubte sich viel zu stark im Mittelpunkt des öffentlichen Interesses und beschränkte sich daher ausschließlich auf ihren häuslichen Wirkungskreis. Außerdem hatte sie auch durch die Handwerker im eigenen Hause reichlich zu tun. Im Dachgeschoß entstanden ihre neuen Wohnräume. In wenigen Tagen würde hier schon der Maler seine Arbeit beginnen können. Der Anbau des Hauses, der den künftigen Eingang aufnehmen sollte, stand ebenfalls kurz vor der Vollendung. Bald würden die Maurer im Erdgeschoß die alten Wände einreißen und neue aufführen.

Sie hatte also wirklich keine Zeit.

Ihr Mann hatte sich völlig in seine Werkstatt zurückgezogen und teilte seine Kraft unbeirrt zwischen Glaserei und Rathaus. Für den Hausbau brachte er ebenso wenig Interesse auf, wie für die Reparatur des Kirchturmes. Beides fiel nicht in seinen Aufgabenkreis. Er überließ es seinem Sohne, sich darum zu kümmern. Der verstand mehr davon.

Claus Petersen brachte seine Zeit damit zu, den Umbau des Hauses voranzutreiben und nahm dem Baumeister alle Arbeit mit dieser Baustelle ab. Nur zu gern ließ Clasen ihn gewähren.

Trotzdem fand Claus doch Gelegenheit, sich über die Arbeiten am Turm auf dem Laufenden zu halten. Die Arbeiter im eigenen Hause, wie auch der Baumeister berichteten ihm getreulich alles, was erwähnenswert war.

Es war selbstverständlich, daß das tägliche Zusammensein mit Schwester Liesel in dieser Zeit eingeschränkt werden mußte. Die Insel im See wartete manchen Tag vergebens auf die beiden. Liesel war nicht sonderlich böse darüber. Sie hatte selber genug zu tun. Die verschiedenen Kindererholungsheime hatten weit ihre Tore aufgetan. Es galt für sie, die Kinder auszusuchen, die dort für einige Wochen hingeschickt werden sollten. Die Tuberkulosefälle in der Stadt wurden immer zahlreicher. Vielen Menschen mußte sie helfend und ratend zur Seite stehen. Den ganzen Tag lief sie umher und war am Abend oft zu müde, um noch einen Spaziergang mit ihrem Kerlchen machen zu können.

Claus mußte sich, wenn auch schweren Herzens, damit zufrieden geben. Die wenigen Stunden, die sie noch für einander fanden, waren dafür um so schöner und erfüllt vom Plänemachen. Er unterrichtete sein Mädel stets über den Fortschritt der Arbeiten an ihrer Wohnung, wie er den Umbau des elterlichen Hauses nannte.

Unverändert gleich geblieben war trotz aller Gerüchte, die durch die Stadt schwirrten, die Haltung Pastor Naßlers. Mit Gleichmut, ja Optimismus, sah er nach wie vor auf den Kirchturm, gleich, ob er morgens durch das buntbemalte Fenster seiner Studierstube auf den goldenen Wetterhahn blickte oder ob abends der schmale Schatten des Turmes dieses Fenster verdunkelte. Für ihn gab es keinen Zweifel an dem Gelingen dieses Werkes. Sein Glaube war größer als die Handwerkskunst des Baumeisters, von dessen Können er trotzdem überzeugt war.

Sein Glaube schien ihm auch sonst recht gegeben zu haben. Seit Wochen schon sah er jeden Morgen den Arbeiter Rosenow zum Kirchturm gehen. Einmal fragte er auch den Baumeister, wie sich sein Sorgenkind nun benehme. Clasen war es zufrieden. „Ich habe schon bessere Arbeiter gehabt", meinte er. „Aber immerhin, er säuft doch nicht mehr. Es ist eigentlich kaum zu glauben. So ganz sicher bin ich mir ja allerdings noch nicht. Um so mehr sollte es mich freuen, wenn Sie recht behielten, Herr Pastor."

Und doch irrte sich diesmal der Pastor, aber was wußte er von der Unterredung, die damals der Wirt vom Holstenkrug mit dem Arbeiter Rosenow geführt hatte.

*

Hinsichtlich des Baues trug Baumeister Clasen wenigstens nach außen eine betonte Ruhe zur Schau. Als nun eines Morgens die Arbeit endlich soweit gediehen war, daß der Kaiserbalken ausgewechselt werden konnte, schickte er den jungen Tomescheit zu Claus Petersen und ließ ihn bitten, zur Kirche zu kommen, um dieses schwerste Stück der ganzen Arbeit mit ihm zusammen zu überwachen.

Selbstverständlich war Claus sofort bereit und eilte mit Tomescheit zur Baustelle. Allerlei Drahttauwerk lag bereit, und verschiedene Balken waren schon festgekeilt, um vorübergehend die Kräfte aus dem Turmhelm abzufangen und die auftretenden inneren Spannungen auszugleichen. Es war alles vorbereitet. Und doch konnte Claus sich eines unbehaglichen Gefühls nicht erwehren. Nachdenklich betrachtete er Taue und Klötze, Keile und Stützen.

Plötzlich rief er leise den alten und den jungen Tomescheit zu sich. Auch Rosenow drängte sich eilfertig und etwas auffällig hilfsbereit hinzu. Claus gab einige kurze Anweisungen, die sie, ihn erstaunt ansehend, schnell ausführten, indem sie noch zwei Paar Balken einander gegenüber festkeilten.

Rosenow schmunzelte in sich hinein. Jetzt war sein Augenblick gekommen. Jetzt konnte er das Versprechen einlösen, das er dem Wirt vom Holstenkrug gegeben hatte. Im Geiste sah er schon sein neues Häuschen entstehen. Ja, man mußte eben zur richtigen Zeit den richtigen Mut haben. Dann war es ja so einfach! Viel einfacher, als er es sich gedacht hatte. So mußte es ihm gelingen! Was ging ihn der Kirchturm an! Mochte er umfallen! Rosenow konnte sehr gut ohne Kirchturm leben, aber nicht ohne sein Häuschen.

Baumeister Clasen sah verwundert, wie die Arbeiter die Balken zurecht schnitten und im Gebälk nach Claus' Anweisung festkeilten, um schließlich noch alles mit Drahtseilen untereinander zu verbinden. Erst wollte er unwillig auffahren, aber dann merkte er, daß Claus sichtlich großen Wert auf diese nach seiner Meinung überflüssigen Maßnahmen legte, und schwieg.

Scheinbar angestrengt und sorgfältig wand Rosenow die Seile um das Gebälk und die Stützen. Keiner bemerkte die zwei schadhaften Stellen, die er geschickt auf scharfe Kanten zu legen wußte. Bei der geringsten Ungleichmäßigkeit in der Druckverteilung mußten jetzt die Seile reißen. Auch die Stütze, die er aufstellte, verkeilte er unauffällig so, daß jede stärkere Belastung sofort die Keile wegdrücken würde. Morgen, nein, heute noch soll er zahlen, der geizige Bergmüller, dachte er.

Während im Turm hart gearbeitet wurde, stand Kaufmann Thomsen vor seiner Ladentür und ließ sich die Morgensonne auf seine wenigen Haare scheinen. Zufrieden blickte er die Straße hinauf und hinab, allen Vorübergehenden einen fröhlichen guten Morgen wünschend. Und da es gerade an der Zeit war, wo auch die anderen Geschäfte ihre Türen öffneten, so hatte er manchen Bekannten zu begrüßen.

Er mochte bald eine halbe Stunde vor seinem Laden gestanden haben, als er sah, daß auch Hauptpastor Naßler sein Haus verließ.

Ja, ja, dachte Thomsen, der wird auch froh sein, wenn die Kirchenreparatur beendet ist. Dann kann er doch endlich wieder auf der Kanzel stehen und braucht sich nicht mehr mit seinem behelfsmäßigen Altar im Gemeindesaal zu begnügen.

Es wird Zeit, daß die Kirche fertig wird, dann wird man endlich auch diese Sorge los sein!

Wer weiß, was sonst noch alles geschehen mag!

Das wußte zwar auch Kaufmann Thomsen nicht, aber er wollte sich an diesem schönen Sommermorgen seine gute Stimmung nicht von unnützen Gedanken verderben lassen. Die Wette hatte er in diesem Augenblick jedenfalls ganz vergessen.

Zufrieden strich er die Weste glatt.

Die Arbeiten im Turm waren beendet. Wie selbstverständlich meldete der alte Tomescheit dies dem jungen Architekten. Baumeister Clasen sah es wohl ... und war's zufrieden. Gewiß, Clasen hatte sich noch nie um eine Verantwortung gedrückt. Aber heute konnte er sich selber keine Rechenschaft darüber ablegen, warum er so widerspruchslos Claus Petersen die Initiative überließ. Seine anfängliche Verstimmung war völlig gewichen. Wohl war das hier die schwierigste Aufgabe, die er in seinem langen Leben als Baumeister übernommen hatte. Aber das war nicht der Grund, daß er jetzt einen anderen an seiner Stelle handeln ließ. Beugte er sich vor dem „Studierten"? Das wäre nicht seine Art gewesen. Er wußte als erfahrener Handwerker sehr gut, was er konnte, und wollte auch durchaus noch nicht zurücktreten, um der Jugend den Vortritt zu lassen. Dazu war diese Aufgabe zu groß, zu gefährlich, aber auch zu ehrenvoll! Und er selber noch nicht alt genug. - Dennoch ließ er Claus gewähren, wo es seine Pflicht und sein Recht gewesen wäre, selber zu entscheiden und zu handeln. Vielleicht war es die fast väterliche Liebe zu diesem jungen Menschen, zu diesem Sohne seiner Vaterstadt, die ihn hierzu veranlaßte. Mehr als je war ihm in diesem Augenblick klar, daß hier schon sein Nachfolger am Werke war. Dieses Gefühl, daß die Baufirma Clasen auch noch bestehen und blühen würde, wenn er sich aufs Altenteil zurückgezogen hatte, erfüllte ihn mit solcher inneren Freude, daß er still beiseite trat.

In der Mitte der kleinen Turmplattform in der Höhe des nunmehr auszuwechselnden Kaiserbalkens waren zwei Flaschenzüge angeschlagen, und ein langes Lot hing von oben herunter. An dem einen Takel pendelte der neue Balken, am anderen war der morsch gewordene alte befestigt. Der war schon aus allen Verbindungen und Verbolzungen gelöst und weitgehend entlastet. Nur seitliche Kräfte aus dem Winddruck aufs Dach hätte er noch auffangen können. Im Augenblick des Austausches aber mußte das übrige Gebälk das Gewicht des ganzen oberen Turmhelmes und alle sonst noch zu erwartenden Kräfte aufnehmen. Die zuletzt noch eingefügten vier Stützen würden den Druck gleichmäßig verteilen.

Rosenow und der alte Tomescheit sollten die Flaschenzüge bedienen, Baumeister Clasen und der junge Tomescheit die Stützen, Verstrebungen und Verspannungen im Auge behalten. Das eigentliche Auswechseln wollte Claus Petersen selbst vornehmen.

Der junge Architekt gab das Zeichen zum Anheben. Die Zugkette des Flaschenzuges am alten Balken rasselte unter den taktmäßigen Griffen der beiden Männer, die Hubkette straffte sich, und langsam, ganz langsam hob sich der alte Kaiserbalken Millimeter für Millimeter aus seiner Lage.

Auf einen Vorschlaghammer gestützt, beobachtete Claus jede Einzelheit dieses Vorganges. Ein Zittern und Ächzen ging durch das Holzwerk des Turmes, als es mehr und mehr der richtenden Kraft seines Kaiserbalkens beraubt wurde.

Jetzt! Jetzt war er frei!

Der junge Tomescheit zog ihn zur Seite und lehnte ihn ins Gebälk.

Unter der ungeheuren Spannung des Augenblicks herrschte Totenstille unter den vier Männern. Nur das Gebälk knarrte und stöhnte vernehmlich.

Der leise Luftzug des an sich so gut wie windstillen Tages hatte also doch noch allerlei Kraft, dachte der junge Architekt und schickte sich an, den neuen Balken anzufassen.

Da! Ein scharfer Knall zerriß die Stille.

Etwas fuhr pfeifend durch die Luft und schlug klappernd ins Holzwerk.

Was war das?

Unwillkürlich duckten sich die Männer. Claus sah es gleich: eine der Seilverspannungen war gerissen.

Im gleichen Augenblick - ihm stockte der Atem, wanderte das Lot sichtbar nach links. „Der verfluchte Wind!" murmelte der junge Mensch leise vor sich hin, da polterte es dumpf, und dröhnend fiel die von Rosenow schlecht eingekeilte Stütze um.

Noch weiter wanderte das Lot aus, neigte sich also der Turm. „Der verdammte Wind!" Irgendwo lösten sich schon einige Schindeln und polterten an der Dachschräge hinunter auf die Straße. Die Männer schienen starr vor Schreck und waren keiner Bewegung fähig. Claus sah in das wachsbleiche Gesicht Rosenows, aber er hatte nur einen Gedanken: Der Turm, der Turm kippt um! Da sah er's:

Nicht der Wind, die ungleiche Verteilung der Kräfte war der Grund der Neigung! Da faßte Claus den Vorschlaghammer, sprang zu der Stütze, die der umgefallenen gegenüber lag und schlug einmal, zweimal, dreimal kräftig gegen die Keile. Die Stütze sprang weg, und - - - ziemlich rasch ging die Neigung wieder zurück. Aber der Turm stand nicht fest, schien noch zu schwanken, denn das Lot schlug noch immer langsam hin und her.

Claus ließ den Hammer fallen und schob den neuen Balken an seinen Platz. Er klemmte ein bißchen, aber ein paar Hammerschläge halfen und mit Hilfe des rasch zufassenden jungen Tomescheit gelang es bald, das schwere Holz in die richtige Lage zu bringen.

Der alte Tomescheit bohrte sofort die Löcher und schlug die verbindenden Bolzen ein.

Es war geschafft, der neue Kaiserbalken war eingesetzt.

Der Turm stand ruhig und still wie immer.

Hatte er überhaupt gewackelt?

Die Männer atmeten auf, und Claus wischte sich den Schweiß von der Stirn. „Das wäre geschafft", sagte er und schaute sich um. Da fiel sein Blick auf den Baumeister.

„Mein Gott, was ist denn mit Ihnen los? Sie bluten ja!"

Von der Stirn des Baumeisters Clasen rann eine dünne Blutbahn über das Gesicht. Doch der winkte ab: „Das eine Ende von dem gerissenen Seil hat mich gestreift, aber nur ganz leicht", sagte er, doch seine Stimme zitterte noch ein wenig von der überstandenen Aufregung. „Aber nun ist ja das Schwerste geschafft."

Mit diesen Worten trat er auf Claus zu und drückte ihm ohne ein weiteres Wort die Hand.

„Was war denn mit dem Seil los? Gib es mir mal her, Tomescheit."

„Lassen Sie doch, ist ja gleichgültig", unterbrach ihn der Baumeister. „Die Hauptsache ist, daß der Turm steht."

„Nein, nein", widersprach Claus, „ich möchte es doch genau ansehen." Der junge Tomescheit reichte ihm die Enden. Nachdenklich betrachtete Claus Petersen die Bruchstellen und ließ das längere Stück langsam durch seine Hand gleiten.

Plötzlich stutzte er. Er hatte die zweite schadhafte Stelle gefunden, und die kam ihm etwas merkwürdig vor.

Aufblickend, sah er den Arbeiter Rosenow bleich und zitternd sich ans Gebälk lehnen.

„Was ist denn mit Ihnen los, Rosenow", fragte er. „Haben Sie sich noch nicht von dem Schreck erholt? Jetzt ist doch alle Gefahr vorüber!"

Rosenow erwiderte nichts.

„Das Tau wollen wir mitnehmen, Tomescheit, mach' es los und roll es auf."

Die vier Männer verließen den Turm.

Vor der Tür trafen sie auf Hauptpastor Naßler und Kaufmann Thomsen, die das Schwanken des Kirchturms gesehen hatten.

Nur mühsam hatte Thomsen seine Beine wieder in die Gewalt bekommen und war eiligst zum Pfarrhaus hinübergelaufen.

Doch ehe er seine Worte sammeln konnte, um das soeben Geschaute zu besprechen, kam ihm der Geistliche zuvor:

„Ja, Herr Thomsen, es war schlimm. Ich glaube, mir ging es ebenso wie Ihnen. Aber jetzt sehen Sie, unser guter alter Turm steht noch. Gott hat seine schützende Hand über ihn gehalten."

Thomsen nickte zustimmend und fragte:

„Was war denn da überhaupt los, Herr Pastor?"

„Das weiß ich auch nicht. Kommen Sie mit, wir wollen hinübergehen und Nachfrage halten."

Sie gingen langsam über die Straße.

„Ah", sagte der Pastor und wies mit der Hand auf die Turmtür der Kirche, „da kommt ja schon der Baumeister - und da auch Herr Petersen."

„Was war denn oben los im Turm, Baumeister", begann der Pfarrer das Gespräch.

Clasen winkte etwas abgespannt mit der Hand.

„Ja", sagte er, „wenn der Junge nicht gewesen wäre", er zeigte auf Claus Petersen, „dann stände der Turm wohl nicht mehr. Der hat ihn und uns alle gerettet."

Thomsen vergaß vor lauter Staunen und nachträglichem Schrecken, den Mund wieder zuzumachen.

„Was war denn los?" wiederholte der Pfarrer seine Frage.

Da berichtete der Baumeister ausführlich, was sich im Turm zugetragen hatte.

Clasen machte eine Pause und tastete die Wunde an seiner Stirn vorsichtig ab.

„Und nun", so schloß er seine Ausführungen, „ist das Werk vollendet. Es ist gelungen. Aber, das ist nicht mein Verdienst, Herr Pastor, das hat Claus Petersen allein gemacht."

„Na, ganz so schlimm war's nun ja auch wieder nicht", wehrte dieser ab.

Und der Pfarrer, froh, daß alles gut abgegangen war, drückte beiden Männern immer wieder dankend die Hand.

Kopfnickend stand Kaufmann Thomsen dabei und sagte schließlich aus einer tiefen, inneren Überzeugung heraus:

„Claus Petersen ist eben ein echter Waldstedter!"

„Für heute ist Feierabend, Männer", rief Clasen den Arbeitern zu, die nach und nach aus dem Turm heraustraten. „Jetzt kommt ihr alle mit zu mir nach Hause. Meine Frau soll uns ein gutes Frühstück machen, und dann trinken wir einen kräftigen Schnaps auf diesen Schrecken!"

Das ließ sich keiner zweimal sagen.

„Wir kommen gleich nach", sagte Claus Petersen und hielt den jungen Tomescheit zurück. Der Pfarrer und Thomsen verabschiedeten sich.

150

Als alle weg waren, sagte der Architekt:

„Du, Tomescheit, da hat was nicht gestimmt."

Er zeigte bei diesen Worten auf die zweite schadhafte Stelle in dem Drahtseil.

„Das mein' ich auch", erwiderte der Angeredete. „Und Rosenow war so komisch blaß! Das kam nicht nur vom Saufen."

„So, hast du das auch bemerkt?" fragte Claus. „Da steckt irgendeine Schweinerei dahinter!"

„Polizei", schlug Tomescheit vor. „Was wirklich los war, soll die herausfinden, wir haben unsere Pflicht getan."

„Ja, gehen wir zur Polizei", stimmte Claus zu.

∗

Noch nie aber, solange Waldstedt stand, war eine Nachricht so schnell durch die Stadt geflogen, wie die von dem geretteten Kirchturm und von der Tat des Claus Petersen, der erst vor wenigen Monaten als Totgeglaubter den Weg in seine Heimatstadt zurückgefunden hatte.

In jedes Haus schwirrte diese Meldung und diesmal geschah alles ohne Mithilfe des Postmeisters a. D. Kuber, der diesen Tag, der für ihn zum Höhepunkt seines bescheidenen Lebens hätte werden können, gerade in der Kreisstadt verbrachte.

Der Name Claus Petersen beherrschte die Gespräche, und seine Tat wuchs und wuchs von Mund zu Mund an Bedeutung und Größe.

Ganz zuletzt erst erfuhr Frau Petersen von dem Ruhm ihres Sohnes. Es war ausgerechnet Schwester Liesel, die sie davon in Kenntnis setzte.

Die heimlich Verlobte dieses neuen Waldstedter Helden hatte ebenfalls bald erfahren, was sich im Kirchturm abgespielt hatte. Sie traf den jungen Tomescheit auf der Straße, als er seinen Arbeitskameraden zum Frühstück beim Baumeister nacheilte. Sie kannte also die Begebenheit aus erster Hand und konnte der Frau Bürgermeister in allen Einzelheiten berichten.

Sie wußte schon durch Claus, daß seine Mutter seit dem Mißgeschick auf dem Bahnhof sehr zurückgezogen lebte und vermutete richtig, daß sie noch nichts erfahren haben würde.

Sie selbst war ganz besonders stolz auf ihren Claus. Erstaunt blickte Frau Petersen auf, als Schwester Liesel die Küche betrat. Ihr Interesse wuchs, als Liesel sie fragte, ob sie schon gehört hätte, was in Waldstedt geschehen wäre.

„Es hängt mit Claus zusammen", sagte Schwester Liesel.

Aufgeregt fragte Frau Petersen:

„Es ist ihm doch nichts passiert?" Es fiel ihr gar nicht auf, daß Schwester Liesel „Claus" und nicht etwa „Ihr Sohn" gesagt hatte.

„Nein, es ist ihm nichts geschehen", fuhr Liesel fort.

Kaum hatte sie dies gesagt, als ihr plötzlich klar wurde, daß ihm aber leicht etwas hätte geschehen können. Der Gedanke war ihr noch gar nicht gekommen.

Ausführlich schilderte sie, was sie von dem jungen Tomescheit erfahren hatte.

Die Mutter sah aber nur die Gefahr, in der ihr Junge geschwebt hatte. Und in Gedanken daran kamen ihr die Tränen in die Augen.

Liesel mußte ihre ganze Überredungskunst aufbieten, um Frau Petersen wieder zu beruhigen.

Es war ja doch Gott sei Dank nichts geschehen. Claus saß gesund beim alten Clasen und feierte.

Immer wieder sagte Frau Petersen:

„Mein Gott, wenn ihm etwas passiert wäre."

Es war ein langes Gespräch, das die beiden Frauen führten. Die gemeinsame Liebe zu dem gleichen Menschen brachte sie immer näher. Die Mutterliebe und die Liebe des jungen Menschen schlugen Brücken von einem Herzen zum andern. Alle Vorurteile, die eine in Äußerlichkeiten erstarrte Tradition eines an sich gesunden Bürgertums geschaffen hatte, wurden in diesem Augenblick überwunden. Frau Petersen fand plötzlich wieder zu sich selber zurück und sah in dem jungen Mädel, das in der schlichten Schwesterntracht ihr gegenübersaß, nichts als nur den Menschen, der ihren Claus ebenso liebte, wie sie ihn.

Das Geschehen um Inge Oldorf und ihr eigenes Mißgeschick auf dem Bahnhof hatte bereits manche Ansicht in Frau Petersen erschüttert. Der Besuch des Pastors war für sie ein bisher nicht gekanntes Erlebnis tiefen menschlichen Verstehens und Mitgefühls geworden.

Sie stand auf. Auch Liesel erhob sich. Da konnte Frau Petersen nicht anders. Sie schloß die Schwester in die Arme und sagte nur: „Mein Kind."

*

Nach drei Tagen wurde der Arbeiter Rosenow verhaftet. Er hatte alles gestanden.

Eine Stunde später wurde auch das Gerippe abgeholt.

*

Einige Wochen waren vergangen. Auf den Feldern um Waldstedt stand das Getreide schon in Hocken. Hier und dort begann ein Bauer bereits mit dem Einfahren. In den Gärten reiften die Äpfel und Birnen. Die Hausfrauen hatten in ihren Küchen alle Hände voll zu tun, um den Segen aus den Gärten einzumachen. Die Dosenschließmaschine bei dem Gemüsehändler Herder kam nicht zur Ruhe.

Vor einigen Tagen waren die letzten Handwerker aus dem Hause des Bürgermeisters abgezogen. Der Umbau war beendet. Frau Petersen und Schwester Liesel hatten mehrere Tage und sehr viel Wasser gebraucht, um das Haus - es war nicht wiederzuerkennen - zu säubern. Es mußte alles sehr schnell gehen. Viel Zeit hatten die beiden Frauen nicht. Im Kasten des Standesamtes hing nämlich seit 14 Tagen ein Zettel, der allen kund und zu wissen tat, daß ein junger Architekt eine gewisse Schwester Liesel freien wollte.

In einer Woche sollte die Hochzeit sein. Was war bis dahin noch alles zu erledigen!

Aus der großen Truhe hatte Frau Petersen ihr eigenes Hochzeitskleid hervorgeholt und es eines Abends der verdutzten Schwester überreicht. Sie solle sich daraus ein neues Hochzeitskleid machen lassen.

Da hatte sogar der alte Bürgermeister verwundert mit dem Kopf geschüttelt. Nein, seine Frau war nicht wiederzuerkennen. Was doch alles so ein Theaterbesuch ausmachte, dachte er. Er wußte nichts von dem Gespräch, das in der Küche geführt worden war, an dem Tage, als Claus den Kirchturm rettete.

Der Bürgermeister trug den Kopf sehr hoch, wenn er an die Tat seines Sohnes dachte. Noch stolzer ging er aber durch die Straßen, wenn er sich mit seiner künftigen Schwiegertochter Arm in Arm sehen ließ.

Neulich war Claus auf dem Wohnungsamt gewesen und hatte lange mit Harting gesprochen. Die Zeichnungen des Hauses lagen auf dem Schreibtisch und der Wohnungsamtsleiter kratzte sich immer wieder hinter den Ohren und vergrub seine Nase in Vorschriften, die ihn auch nicht weiterbrachten. Da klappte er den Aktendeckel zu und tat das, was er früher auch schon immer mit größtem Erfolg getan hatte, er entschied diesen etwas verzwickten Wohnungsfall nach dem gesunden Menschenverstand und sprach die neuentstandene Wohnung im Hause des Bürgermeisters dem jungen Architekten zu. Da die Wohnung aber etwas zu groß für zwei Leute war, tröstete er sein leidgeprüftes Behördengewissen mit dem Argument, daß das Zimmer, in dem Schwester Liesel bisher gewohnt hatte, frei wurde. Schließlich war es Claus Petersen, der Retter des Kirchturmes, der hier bat.

Die Wohnungskommission war mit seiner Entscheidung einverstanden. Bäckermeister Oldorf als Vorsitzender brauchte sie nicht einmal zu begründen.

Nun begann auch Baumeister Clasen seine Geräte aus dem Kirchturm abzufahren. Die Arbeit war beendet. Malermeister Petermann würde in den nächsten Tagen seine letzten Farbtöpfe leergepinselt haben. Der Kunstmaler Bracht war schon abgezogen.

Hauptpastor Naßler konnte seine renovierte Kirche wieder ihrer Bestimmung übergeben. Es war selbstverständlich, daß dies mit einer würdigen Feier geschehen mußte. Er machte sich Gedanken darüber, wie sie am besten und schönsten auszugestalten sei. Es war gewiß nicht leicht.

Da klopfte es an die Tür seines Amtszimmers. Claus Petersen und Schwester Liesel traten ein. Sie wollten die kirchliche Hochzeitsfeier bestellen. Und Schwester Liesel sagte:

„Wir wollen aber in der neuen Kirche getraut werden, Herr Pastor."

Da klatschte der Hauptpastor vor Begeisterung in die Hände und sein wohlgepflegter weißer Bart zitterte vor Freude.

„Ei ja, das soll geschehen", antwortete er.

Er hatte eine ausgezeichnete Idee. Seine Kirche sollte mit dieser Trauung eingeweiht werden. Konnte es eine schönere Gelegenheit geben? Nein, bestimmt nicht! Claus Petersen, dessen Tat immer noch in aller Munde war, wurde auf diese Weise am besten geehrt. Und der Pastor wußte, daß seine Kirche bei dieser Trauung die Menschenmenge nicht würde fassen können.

Als das junge Brautpaar sich verabschiedete, war der Pastor einer großen Sorge ledig.

Im Hause des Bürgermeisters rüstete man mit allen Kräften. Das Stadtoberhaupt von Waldstedt war selbst zu allen Freunden, Bekannten und Verwandten gegangen und hatte sie zur Hochzeitsfeier eingeladen. Manche Stunde war er unterwegs, um die notwendigen Nahrungsmittel heranzuschaffen.

156

Sein Bruder hatte sogar ein „überzähliges" Kalb gestiftet, das Petersen nun stückweise nach Hause trug.

Noch drei Tage, dann sollte die Hochzeit sein. Das Hochzeitskleid kam von der Schneiderin. Bäckermeister Oldorf lieferte die ersten Kuchen an. Die ersten Gäste kamen. Das Haus blitzte vor Sauberkeit.

Frau Petersen war mit ihrem Mann in die neuen Wohnräume im Dachgeschoß eingezogen. Das, was sie damals als kleine Kammer auf der Zeichnung angesehen hatte, war zu einer schönen Küche geworden. Und da sie sich so völlig mit ihrer neuen Aufgabe als Schwiegermutter abgefunden hatte, war sie gern hier aufs „Altenteil" gezogen und freute sich schon auf ihre Arbeit in der neuen, kleinen Küche. Unten würde jetzt Liesel wirken und für ihren Claus sorgen.

Vorerst aber hatte die Frau Bürgermeister noch andere Aufgaben. Es war selbstverständlich für sie, diese Hochzeit nicht nur auszurichten, sondern auch zu leiten. Solche Gelegenheit ließ sie sich nicht entgehen.

Keiner sprach mehr von dem, was ihr geschehen war. Jeder lobte aber ihren Sohn, der das Wahrzeichen der Stadt, die „Schusterahle" vor der Vernichtung gerettet hatte. So stolz, wie die Bewohner von Waldstedt auf Claus Petersen waren, war seine Mutter schon allemal.

*

Der große Tag brach an. Noch einmal verschüttete die Sonne ihre ganze herbstliche Kraft und übergoß die Stadt mit goldenen Strahlen. Leicht drehte sich der blitzende Wetterhahn auf der Turmspitze. Die Kirchentür war mit einer bunten Girlande geschmückt. Herbstblumen leuchteten aus dem dunklen Tannengrün. Auch in der Kirche hatte der scheidende Sommer noch einmal seine ganze Blumenpracht entfaltet.

Mit Ruhe und Würde zog Hauptpastor Naßler in der Sakristei seinen Talar an und band sich die weißen Beffchen um. Er war gerüstet. Oben hinter der Orgel stand der Kirchenchor bereit. Links vor dem Altar saßen die Kirchenvertreter und besonders würdige Bürger der Stadt. Rechts war Platz für die Hochzeitsgäste gehalten. Es war alles gut vorbereitet. Gleich würde auch das Brautpaar erscheinen. Der Bürgermeister und Studienrat Poppendorf waren Trauzeugen.

Der Pastor hörte, wie das leise Gemurmel in der Kirche verstummte. Das Brautpaar war gekommen.

Die Orgel setzte ein. Die Feier begann. Noch nie hatte Hauptpastor Naßler eine so schöne Traurede gehalten. Er hatte ganz und gar seinen pastoralen Ton vergessen. Manche Frau wischte heimlich über ihre feuchten Augen.

Frau Petersen stützte sich schwer auf den Arm ihres Ehemannes.

Die Feier war beendet.

Der Pastor führte nach alter Waldstedter Sitte den Hochzeitszug einmal rund um die Kirche. Im schwarzen Ornat ging er dem Zug voran. Ihm folgte das junge Ehepaar.

Ganz Waldstedt war sich darüber einig, daß noch nie eine schönere Braut in der Kirche getraut worden war. Ihr herrliches weißes Seidenkleid stand in betontem Gegensatz zu ihrer braunen Gesichtsfarbe und ihren langen, tiefschwarzen Haaren, die ein grüner Myrtenkranz mühsam zusammenhielt.

Mit tiefer Freude blickte sie immer wieder auf den kleinen goldenen Ring an ihrer schmalen Hand und auf ihren Claus, auf den sie so stolz war und den sie so sehr, sehr liebte.

Der Gang um die Kirche war beendet. Das Brautpaar bestieg den Wagen, den zwei tiefschwarze Pferde zogen.

„Sie sind so schwarz wie Deine Augen", sagte Claus zu seiner Frau.

Im zweiten Wagen saßen der Bürgermeister und seine Frau, die ganz vergessen hatte, daß ihr Sohn eine Landfremde heiratete.

Claus Petersen aber dröhnten die Ohren von all' dem Lob und Ruhm, der heute auf ihn herniedergeprasselt war.

Er hatte nur den einen Wunsch, endlich mit seiner Frau, seiner Liesel, allein zu sein.

Was man verstehen kann.

ENDE

Nachwort

von Pastor em. Bernhard Theilig

Man könnte das Buch „Der Kirchturm wackelt" von Heinz Beyer eine Kampfschrift nennen, eine Kampfschrift gegen Fremdenfeindlichkeit. In einem versöhnlichen Schluß erzählt es auch vom Sieg der Liebe über alle Schranken der Herkunft und des Standes, die Menschen zwischen sich aufgebaut haben - zu ihrem eigenen Unglück.

Das Buch ist nur zu verstehen aus der Psychologie der Zeit nach dem verlorenen Zweiten Weltkrieg, in der eine ungeheure Menge von Flüchtlingen und Heimatvertriebenen nach Schleswig-Holstein hineinströmte bzw. eingeschleust wurde und die Einheimischen den vorhandenen Wohnraum mit ihnen teilen mußten. In manchen Gemeinden verdoppelte sich die Einwohnerzahl.

Im Nachhinein muß man sagen, daß dies eine erstaunliche Leistung war. Die Flüchtlinge aus dem Osten, die alles verloren hatten: die Heimat, Hab und Gut, Haus und Hof, liebe Angehörige, Ehegatten, Väter, Söhne und Brüder; dazu alle Zukunftssicherungen - sie mußten sich zurechtfinden und fanden sich zurecht mit zum Teil unheizbaren Notunterkünften, die ihnen zugewiesen wurden. Die Einheimischen mußten ihren privaten Lebensraum teilen mit fremden Menschen, die ihnen in einzelnen Fällen sogar mit polizeilichem Zwang zugewiesen wurden.

Und niemand wußte, für wie lange.

Es war eine Zeit, in der oft überraschend auf beiden Seiten beides zutage trat: liebevolles und hilfsbereites Verständnis auf der einen, rücksichtsloser Egoismus und abgründige Gemeinheit auf der anderen Seite. Im Grundlebensgefühl spielten auf beiden Seiten die Existenzangst und die Sorge um die Zukunft eine große Rolle. Alles Lebensnotwendige war knapp und teuer und konnte nur auf Bezugsschein, durch Tausch oder auf dem Schwarzmarkt beschafft werden. Das ergab mitunter Situationen, die uns heute, nach einem halben Jahrhundert, komisch, um nicht zu sagen läppisch vorkommen.

Dies war die Zeit, in der das Buch „Der Kirchturm wackelt" geschrieben wurde.

Heinz Beyer, ein gelernter Journalist von 35 Jahren - im Winter 1946/47 aus englischer Kriegsgefangenschaft entlassen - war nach Barmstedt gekommen, wo seine Mutter und Familie nach ihrer Flucht aus dem Osten eine Bleibe gefunden hatten. Zunächst arbeitslos, beobachtete er mit den wachen Augen eines Journalisten das kleinstädtische Leben und die Menschen mit ihren Vorzügen und Schwächen. Und er begann zu schreiben. Er hatte ja Zeit. Und aus Beobachtetem und Erdachtem wurde ein Buch über Barmstedt und seine Bewohner nach dem Ende des Krieges. Doch änderte er alle Namen, auch den Namen des Ortes. Aus Barmstedt wurde „Waldstedt".

Und das ist nun das Unglaubliche. Um dieses Buches willen, in dem Beobachtetes und Erdachtes, Persiflage und anrührend Menschliches zu einem Roman zusammengemixt sind, bekam Heinz Beyer von drei amerikanischen Universitäten, der Emerson University of Los Angeles/Kalifornien, der Golden State University of Los Angeles/Kalifornien sowie von dem National College der Provinz Ontario 1951 den Titel eines „Doktor der Literatur honoris causa".

Und das kam so: Ein gebürtiger Barmstedter, der vor dem Kriege nach Amerika ausgewandert war, fand bei einem Besuch in seiner Geburtsstadt die Kirchturmgeschichte so amüsant, daß er das Buch mit in die Vereinigten Staaten nahm und dort weiterreichte. Amerika war ja ein Land, in dem man noch wußte, was es bedeutete, die Heimat verlassen zu müssen.

Aber verfolgen wir weiter die Entstehung des Buches. Im Jahre 1948 wurde Heinz Beyer als Flüchtling und Arbeitsloser in die Kirchenvertretung gewählt und kam dadurch mit der Kirche, dem Gemeindeleben und den Pastoren Beine („Naßler") und Preuß („Badener") in engere Berührung. Offenbar freundete er sich mit dem auch der Kirchenvertretung angehörenden Studienrat Pieper („Poppendorf") an, der auch als Flüchtling in Barmstedt war und ehrenamtlich eine kirchliche Jugendgruppe leitete

Im Jahre 1947 wurde in der Kirche eine größere Turmreparatur notwendig. Sie wurde durchgeführt von dem Barmstedter Turm- und Schornsteinbauer Herbert Dürr und seinen Gehilfen. Turmhahn und Kugel wurden heruntergenommen und von dem Malermeister Ernst Stapelfeldt neu vergoldet. Der Kaiserstil, das heißt der oberste senkrechte Balken, an dem die eiserne Stange befestigt ist, mußte, weil morsch geworden, ausgewechselt werden, was ein außerordentlich schwieriges und auch gefährliches Unternehmen war. Außerdem richtete Herbert Dürr den Kirchturm gerade, der sich seit langer Zeit nach Nordwesten geneigt hatte.

Heinz Beyer hat sich von Herbert Dürr jedenfalls alle diese Arbeiten in allen Einzelheiten erzählen lassen. So konnte er nun für sein Buch sachkundig eine eigene Version erfinden. Der Baumeister Clasen, die Flüchtlinge Tomescheit (Vater und Sohn) sind wohl erfundene Gestalten. Ebenso wohl die Person des Rosenow, durch die ein kriminelles Element in die Geschichte eingebaut wird.

Im Jahre 1946 wurde von der Diakonissenanstalt Flensburg eine Krankenschwester Frieda Fydrich aus Westpreußen in Voßloch als Gemeindeschwester eingesetzt. Ob sie vielleicht das Urbild ist für die auf Seite 45 (der Originalausgabe, S. 50ff. dieser Ausgabe, *Anm. d. Hrsg.)* genannte sympathische Liesel Wagner, die Claus Petersen am Ende heiratet?

Ein wenig schildbürgerhaft kann einem schon die Angst der Herren Kaufmann Thomsen und Bäckermeister Oldorf vorkommen, die fürchteten, der umfallende Kirchturm könne ihre Häuser zerstören. Umfallen konnte doch nur der etwa 30 Meter messende Turmhelm, nicht aber der gemauerte Teil. Das nächste ihrer beiden Häuser stand etwa 40 Meter von der Kirche entfernt.

Es ist mir doch ein Bedürfnis, über meinen Kollegen Pastor Beine („Naßler") und seine Frau noch etwas zu sagen. Ich habe sie noch gekannt und auch geschätzt. Sie kommen auf Seite 27/28 (der Originalausgabe, S. 32ff. dieser Ausgabe, *Anm. d. Hrsg.)* ja sehr schlecht weg, wo sie sich in schroffer Form gegen die Einweisung von Flüchtlingen zur Wehr setzen. Pastor Beine hat während des Krieges, als er zeitweise die große Gemeinde allein verwaltete, ein Riesenmaß an pfarramtlicher Tätigkeit geleistet.

Frau Beine, von Fehmarn stammend, hatte einige Jahre an der Mittelschule in Barmstedt Englisch unterrichtet, vor ihrer Ehe mit Pastor Beine (1942). Als am Kriegsende die Engländer kampflos Barmstedt besetzten und im Rathaus ihre Hauptbefehlsstelle einrichteten, ordneten sie an, daß alle Waffen und Fotoapparate abzuliefern seien.

Frau Beine berichtet: „Ich mußte mit meiner Kamera zum Rathaus, wo viele andere auf der Treppe standen und warteten. Auf einmal war da eine große Unruhe an einem Auto. Ein Junge hatte eine Handgranate hineingelegt und war weggelaufen. Da wurden die Engländer nervös und meinten, es sei ein Attentat. Sie drohten gar schon damit, Barmstedt bombardieren zu lassen. Da fing ich an, Englisch mit ihnen zu reden. Ich sagte, der Junge habe die Handgranate sicher nur abliefern wollen. Sonst hätte er sie doch abgezogen, daß sie explodiert wäre. Sie haben dann später den Jungen sehr schnell wieder freigelassen." (Nachzulesen in der Barmstedter Zeitung, Jahrg. 1995)

Frau Beine erzählt auch folgendes: „Ich habe damals noch eine Auseinandersetzung mit den Deutschen gehabt, die im Gemeindesaal untergebracht waren; die wollten Barmstedt zuerst noch verteidigen. Zu denen sagte ich: ‚Sie glauben doch nicht, daß Barmstedt noch den Krieg gewinnen wird, wenn sogar Hamburg schon gefallen ist?' ‚Nein', sagte einer, ‚das wissen wir.' ‚Ja', sagte ich ‚und dann haben Sie nicht genug Verantwortungsgefühl, so etwas in Barmstedt zu verhindern?' Er antwortete: ‚Mit welchem Recht wollen Sie es besser haben als ich? Ich habe mein Haus verloren, meine Frau, meine Kinder, alle sind tot. Mit welchem Recht wollen Sie es besser haben?' Da sagte ich ihm nur noch: ‚Wenn Sie nur noch alles vernichten wollen, damit alle anderen auch sterben, dann sind Sie ja auf dem richtigen Weg!'"

Bestätigt wird die Darstellung von Frau Beine, besonders die von den Vorgängen am Rathaus, von Herrn Opfermann, der damals Führer des Volkssturms war. Er hatte nächtlicherweile die Minen unter den Krückaubrücken entschärfen und die Panzersperren beseitigen lassen. Er schließt seinen Bericht von den Vorgängen am Rathaus so: „Der zu allem entschlossene (engl.) Soldat beruhigte sich, und Barmstedt war gerettet." (s. Anhang zu diesem Nachwort, *Anm. d. Hrsg.*).

Noch spannungsgeladener ist der Bericht von Jürgen Proll im Jahrbuch für den Kreis Pinneberg, Jahrg. 1988, Seite 212. Dort heißt es: „Nervosität zeigten die Engländer bei der symbolischen Rathausübergabe, als sie plötzlich in einem Jeep eine abgelegte Handgranate bzw. Zünder fanden. Spontan vermuteten sie eine der gefürchteten Werwolfaktionen. Sie riegelten die Bahnhofstraße militärisch ab und trieben mit schußbereiten Maschinenpistolen ca. 30 Geiseln zusammen. Erst zwei Barmstedterinnen, die dolmetschten, gelang es nach langer Diskussion, die angedrohten Repressalien von Barmstedt abzuwenden." Eine der beiden Bamstedterinnen war, auch nach Aussage von J. Proll, Frau Beine.

Mag nun das, was Heinz Beyer Negatives über das Ehepaar Beine berichtet, auf Wahrheit beruhen oder der Phantasie entsprungen sein - ich möchte daran erinnern, daß beide doch viel Positives für Barmstedt getan haben. Im Jahre 1968 schenkte Frau Beine der Kirche ein bedeutendes Kunstwerk. Es ist die Holzplastik von Otto Flath „Das Jüngste Gericht", die jetzt in der Friedhofskapelle steht.

Ich möchte meine Ausführungen abschließen mit zwei Zitaten. Es ist einmal das Jesuswort aus der Bergpredigt (Matt. 5,7): „Selig sind die Barmherzigen; denn sie werden Barmherzigkeit erlangen." und die Erklärung Luthers zum achten Gebot: „Wir sollen Gott fürchten und lieben, daß wir unsern Nächsten nicht fälschlich belügen, verraten, afterreden oder bösen Leumund machen, sondern sollen ihn entschuldigen, Gutes von ihm reden und alles zum besten kehren."

Über die letzten Kriegstage in Barmstedt finden wir interessante Berichte von Jürgen Proll im Jahrbuch für den Kreis Pinneberg, Jahrg. 1979, Seite 149; Jahrg. 1987, S. 133; Jahrg. 1988, S. 209.

Anhang: Wie Barmstedt April-Mai 1945 der Zerstörung entging
(Notizen von Ad. Opfermann)

1.) Eine strategische Überlegung (Lübeck vor den Russen zu besetzen) veranlaßte die Engländer, die geplante und vorbereitete H.K.L. (Hauptkampflinie) Elmshorn, Barmstedt, Alveslohe ostwärts zu umgehen. Ein Glück für unsere Stadt.

2.) Die von der N.S.D.A.P. (Kreis und Stadt) geplante „Rundumverteidigung" scheiterte am „Versagen" des Volkssturms (siehe Dokumente). Die Minen waren entschärft, die Straßensperren beseitigt, die Panzerfäuste sichergestellt. (14 H.J.-Leute waren an der Bedienung der Panzerfäuste hinter den Straßensperren ausgebildet). Ein Glück für Barmstedt.

3.) So wurde Barmstedt kampflos von den Briten besetzt. Von Bewohnern unserer Stadt gezeigte weiße Tücher wurden bis zuletzt von Wehrmachtsangehörigen und Polizei unter

Bedrohung mit der Pistole entfernt. Eine bedrohliche Situation!

Laut Anordnung der engl. Militärregierung mußten Waffen, Ferngläser, Fotoapparate u.a. Gerät im hiesigen Rathaus abgegeben werden. Zwei engl. Offiziere überwachten die Abgabe der geforderten Gegenstände. Unter der Menge der „Lieferanten" befand sich auch Frau Beine, ehemalige Sprachenlehrerin an unserer Chemnitzschule.

Plötzlich warf ein Hitlerjunge („Werwolf") eine Handgranate in das Auto der Engländer. Spontane Reaktion: Niemand in der Menge durfte sich rühren, niemand sprechen. Die Hand am Abzugsbügel einer Leuchtpistole, die Flugzeuggeschwader zum Bombardement der Stadt herbeirufen sollte! Mutig schaltete sich Frau Beine ein. Als er englisch angesprochen wurde, beruhigte er sich, verlangte aber die Herausgabe des Handgranatenwerfers. Herr Blumhardt identifizierte ihn, und Frau Beine erklärte, der Junge habe nur eine Waffe abgeben wollen. Hätte er böse Absichten gehabt, hätte er die Granate abgezogen. Der zu allem entschlossene Soldat beruhigte sich, und Barmstedt war gerettet.

Heinz Beyer

von Peter Beyer

Heinz Beyer (Jahrgang 1912) kam im Winter 1946/47 aus englischer Gefangenschaft nach Barmstedt. Hier hatten seine Mutter und seine Familie nach ihrer Flucht aus dem Osten im Frühjahr 1945 in einem Baumschul-Betrieb Zuflucht gefunden.

Als gelernter Journalist fand er in diesen Tagen keine Arbeit und stillsitzen lag ihm nicht. So genügten ein Füllfederhalter und ein Stenoblock, um die (erfundenen) Geschichten um den (Waldstedter) Barmstedter Kirchturm niederzuschreiben, die er mit dem wachsamen Auge eines Zeitungsmannes in dem Städtchen beobachtet hatte und mit eigenem Erleben zusammenwob. Manch ein Zeitgenosse mag sich dann wohl auch in der einen oder anderen Figur wiedergefunden haben – wie es denn in der Widmung der ersten Auflage hieß: „Wer sich getroffen fühlt, der ist gemeint."

Als Heinz Beyer dann 1948 bei einer großen hamburgischen Zeitung anfing, sich mit Aktuellem zu beschäftigen, fand er einen Verleger, der dann 1950 wohl zweitausend Exemplare dieses Buches drucken ließ. Dazu fertigte ein dort bekannter Künstler einen Linoleum-Schnitt für den Umschlag an.

Die meisten Bücher wurden über den Buchhandel in Barmstedt selbst vertrieben.

Ein gebürtiger Barmstedter, vor dem Krieg nach Amerika ausgewandert, fand die Kirchturm-Geschichte bei einem Besuch in seiner Geburtsstadt so amüsant, daß er das Buch in den USA weiterreichte. Drei Universitäten, die Emerson University of Los Angeles/Kalifornien, die Golden State University of Los Angeles/Kalifornien sowie das National College der Provinz Ontario/Kanada verliehen dem Autor daraufhin 1951 den Titel eines „Doktor der Literatur *honoris causa*".

Heinz Beyer verstarb im Juni 1971 auf der Insel Sylt.

Peter Beyer ist der Sohn des Autors. Er lebt heute in Filderstadt (Baden-Württemberg).